좋아한다는 거짓말

허진희 장편소설

위즈덤하우스

| 차례 |

프롤로그 5

1 12월 24일 ✶ 완벽한 크리스마스 8
2 12월 28일 ✶ 첫인상 29
3 12월 30일 ✶ 외쪽사랑 55
4 12월 31일 ✶ 거짓말의 시작 72
5 1월 10일 ✶ 나쁜 생각 97
6 1월 11일 ✶ 이게 드라마가 아니라니 116
7 1월 12일 ✶ 심판의 사랑 137
8 1월 18일 ✶ 눈이 내리면 150
9 1월 19일 ✶ 영혼의 시스터 166
10 1월 20일 ✶ 시간의 숨구멍 183
11 1월 21일 ✶ 마음은 물과 같아서 193

에필로그 206
작가의 말 208

＊프롤로그＊

"크리스마스이브에 눈이 내리다니 완벽해."
로라가 흥분해서 말했다.
"그것도 함박눈이 말이야, 이렇게 펑펑. 그러니까 오늘 우리 반드시 만나야 해."
나는 당연히 로라가 남자 친구와 데이트할 줄 알았다. 그래서 지금까지 늘 완벽했던 나의 크리스마스가 처음으로 완벽하지 않을 거라 생각했다. 근데 내가 틀렸지 뭔가. 로라가 올해도 나와 함께 크리스마스를 보내겠다고 하니 말이다.
늘 그랬듯 카페에서 케이크를 먹고 쇼핑몰 구경을 하는 게 전부이겠지만 새삼 맘이 설렌다. 재빨리 뜨거운 물에 샤워를 하고 머리카락을 바짝 말린다. 로라는 항상 약속에 늦으니까, 기다리는 동안 읽을 얇은 책도 한 권 고른다. 롱 패딩을 입을까 하다가 코트를 꺼낸다. 지난 2월 시즌 오프 세일 기간에 아빠가 사 준 초록색 코트. 처음 입어 보는 거라 어딘지 모르게 좀 어색하다. 한참 거울 앞에서 옷매무새를 다듬다가 옅은 버터 빛이 도는 체크무늬 목도리를 목에 칭칭 두른다. 좀 낫네.

창밖엔 커다란 눈송이들이 툭툭 떨어지며 세상의 소음을 덮고 있다. 크리스마스이브에 눈이 내리다니 완벽해. 창가로 다가가 중얼거린다. 그것도 이렇게 함박눈이 펑펑. 그러니까 우리는 꼭 만나야 한다. 언제나 그랬듯이.

1

12 24
완벽한 크리스마스

평소 같으면 마을버스를 탔을 테지만 오늘은 그냥 걷기로 한다. 아직 아무도 밟지 않은, 눈이 갓 쌓인 길을 뽀득뽀득 걷는 재미를 포기할 수 없으니까. 아빠가 보면 신난 강아지 같다며 놀려 대겠지만 뭐, 틀린 말은 아니다. 기분을 표현할 수 있는 꼬리가 있다면 지금 내 엉덩이 위에서 신나게 팔랑거리고 있을 거다. 속눈썹에, 코끝에, 입술에 민들레 꽃씨 같은 눈이 내려앉는다. 바람도 없고 생각보다 춥지 않다. 겨울 냄새가 투명한 파란색처럼 느껴진다. 일부러 접어든 인적 드문 골목길. 예상대로 흰 구름 같은 눈길이 펼쳐져 있다. 한 걸음 한 걸음 조심스레 걷는다. 마치 뾰족한 산처럼 높게 쌓아 올린 팥빙수의 얼음 가루를 숟가락으로 살살 허물어뜨릴 때처럼 조심스럽다. 그런 걸음이 한참 이어진다.

발이 살짝 시릴 즈음 약속 장소에 다다른다. 카페 반달. 2층 창에서 노란 전구 불빛이 반짝인다. 익숙한 층계참에 놓인 작은 간판엔 크리스마스 분위기를 물씬 풍기는 아기자기한 장식물들이 달려 있다. 유리문을 열자 딸랑 소리와 함께 온기와 단내가 훅 밀려들더니 안경에 김이 서린다. 겨울을 좋아하지만 겨울만큼 안경이 불편한 계절도 없다. 안경을 벗어 들고 투덜대며 실내를 살핀다. 마침 창가에 빈자리가 있다. 로라가 오는 모습을 지켜볼 수 있겠네. "럭키!" 하고 외치며 냉큼 자리를 잡고 앉는다. 그런데 목도리를 풀어내며 창밖을 주시하던 중 낯익은 실루엣을 발견한다.

"어라…… 장반지?"

나도 모르게 혼잣소리를 내뱉는다. 저 아래, 거리를 오가는 검은 롱 패딩 무리에서 단박에 장반지를 알아본 눈썰미는 순전히 내 예민한 불안감에서 비롯된 것이다. 장반지 맞네. 설마 아니겠지 하는 마음이 들어설 틈도 없이 장반지가 고개를 들어 제 정체를 밝힌다. 장반지는 카페 간판을 한 번 확인하고는 성큼성큼 입구 쪽으로 향한다. 나는 망설임 없이 건물 안으로 들어서는 장반지의 눈꽃 핀 정수리를 이내 체념하여 내려다본다. 장반지가 왜 여기 왔는지 대충 짐작이 간다.

"야, 도은송."

장반지가 내 맞은편 자리에 털썩 주저앉으며 인사한다.

"나 온다고 로라가 말 안 했어?"

최대한 얼굴에 감정을 드러내지 않으려고 노력하지만 뜻대로 잘

되지 않는다. 장반지는 지금 복잡한 감정들이 고스란히 떠오른 내 얼굴을 반쯤은 모른 척하고 반쯤은 즐기고 있는 것 같다.

"어, 뭐…… 지금 알았으니 됐지."

허연 김이 사라진 안경을 주섬주섬 다시 쓰며 대충 얼버무린다. 로라라면…… 대수롭지 않게 생각할 법하지. 불쑥 누군가를 초대하거나 데려오고는 '뭐 어때 다 같이 놀면 좋잖아' 하고 말하는 타입이니까. 게다가 장반지가 온다는 사실을 미리 알았다 해도 어차피 난 이 자리에 나왔을 테고.

"뭐 시켰어?"

장반지가 양손으로 메뉴판을 들고 훑으며 묻는다.

"아니, 아직. 로라 오면 같이 시키려고."

"아……."

내 말에서 어떤 뉘앙스를 느꼈는지, 장반지는 나를 힐끗 쳐다보더니 조용히 메뉴판을 내려놓는다. 그리고 자신의 통통한 손등을 팬스레 긁어 대며 머쓱한 표정을 지어 보인다. 아마도 내가 로라가 올 때까지 기다리라는 의미로 한 말이라 생각한 듯하다. 딱히 그런 뜻은 아니었는데. 근데 나도 장반지가 하는 말들을 곧이곧대로 듣진 않으니 피차일반인 셈이다.

"로라…… 늦겠지?"

장반지가 몸통을 좌우로 비튼다.

"아마도?"

"도은송 넌 한 번도 로라랑 싸워 본 적 없어? 로라 시간 약속 안 지키는 거 때문에."

"글쎄."

스몰토크를 하자는 걸까, 아니면 뭘 캐내려고 물어보는 걸까. 어쨌든 장반지랑 로라에 대해서 이러쿵저러쿵 이야기하고 싶지 않다. 로라한테 한 번도 화낸 적 없다는 사실을 어떤 어조로 말해야 할지도 모르겠고.

"근데 나도 로라한텐 화를 못 내겠더라. 화가 나다가도 사르르 녹더라고. 로라가 막 웃으면서 나타나면……."

내가 듣든 말든, 장반지는 줄줄 하고 싶은 이야기를 다 해낼 기세다. 나는 한 손으로 턱을 괴고 가만히 장반지의 말을 흘려들을 준비를 한다. 단둘이 있는데 대놓고 딴청을 피우는 건 너무한 듯하니 딱 요 정도 매너만 보일 셈이다. 근데 아무리 흘려들으려 해도 그게 뜻대로 잘 안 된다. 장반지가 쉬이 무시할 수 없는 성량을 가진 탓도 있지만 익숙하지 않은 상대를 만나면 본능적으로 상대에 대한 데이터부터 모으려 드는 나의 성향 탓도 있다. 나는 상대방에 대해 충분한 정보를 축적하지 못한 상태에서 관계를 발전시키는 걸 어려워하는 편이다. 뭐 그렇다고 내가 장반지와의 관계를 어떻게 해 보겠다는 건 아니고……. 아무튼 그렇게 습관적으로 장반지를 관찰하며 로라는 언제 오려나 속으로 한숨을 내쉬고 있는데 마침 카페 문을 열고 들어선 로라가 손을 흔든다.

"은쏭쏭! 장반지!"

아빠라면 이렇게 말했겠지. 양반은 아니네. 나는 웃음을 머금은 채 로라를 향해 작게 손짓한다. 로라는 언제나처럼 대충 걸쳐 입은 트레이닝복 차림에 보풀이 인 검은색 오버핏 코트를 입고 있다. 털모자를 눌러쓴 걸 보니 분명 머리도 안 감았을 거다. 그런데도 로라는 양반 중에 상 양반, 귀족 중에 상 귀족처럼 보인다.

"미안. 많이 기다렸지."

로라는 큰 소리로 말해도 속삭이는 것처럼 들리게 하는 재주를 지녔다. 아무리 활짝 웃어도 어딘가 아련해 보이는 미소도 가졌다. 그러니 로라에게 싫은 소리를 하는 건 쉬운 일이 아니다.

"아니, 전혀! 오늘 일찍 왔네."

장반지가 자기 옆에 자리 잡은 로라를 향해 반쯤 녹아 버린 아이스크림 같은 얼굴을 하고 헤헤 웃는다.

"아직 아무것도 안 시켰어? 어디 보자. 우리 은쏭쏭은 핫초코, 뜨겁고 진한 초코 음료 좋아하고요. 단 걸 먹어야 요 작고 똑똑한 머리가 팍팍 돌아가거든."

은쏭쏭은 로라가 나를 부르는 애칭이다. 내가 알기로 로라가 애칭을 만들어 부르는 사람은 나밖에 없다. 장반지한테 으스대는 표정이라도 지어 줄까 하는 찰나 장반지가 먼저 선수를 치고 나와 산통을 깬다.

"난 콜라! 얼음 콜라! 아까부터 목말라 죽는 줄 알았네."

맨날 이런 식이다. 뭐라 말하기도 치사스러운, 장반지의 사소한 언행들이 내 신경을 건드린다. 처음엔 내가 예민한 걸까 싶었지만 이제는 안다. 그게 아니라는걸. 장반지는 다분히 의도적으로 로라와 내 사이에 끼어들어 날 밀어내고 있다. 그게 뜻대로 되겠냐마는.

"앗, 그럼 먼저 시키지."

"에이, 의리가 있지. 그럴 수가 있나."

어떻게든 로라한테 잘 보이고 싶어서 안달이 났구나. 두툼한 어깨로 로라를 슬쩍 치며 능글맞은 미소를 짓는 장반지를 보니 괜히 삐뚤어지고 싶다.

"의리는 무슨."

나도 모르게 중얼거린 말에 순식간에 분위기가 어색해진다. 장반지가 나를 멀뚱멀뚱 쳐다본다. 그렇게 싸늘하게 뱉은 말도 아닌데, 내 의도보다 훨씬 예민한 반응이 나오니 당황스럽다. 이럴 때 수습해 줄 사람은 로라뿐이다. 내가 미묘하게 부자연스러운 감정의 부스러기들을 내 몸 밖으로 내어놓고 어쩔 줄 몰라 할 때마다 별일 아니라는 듯 능숙하게 처리해 주는 사람.

로라가 사근사근한 목소리로 장반지를 달랜다.

"그래그래, 은송이 말대로 이제 그런 의리 챙기지 마. 내가 너무 미안해지잖아. 알았지? 안 그러기로 약속."

장반지는 아예 몸을 90도 돌리고 로라를 향해 앉아 있다. 약속이 아니라 맹세도 불사할 기세다. 로라는 기사의 충성에 보답하는 군주처럼 아량 있는 얼굴로 말을 잇는다.

"늦은 거 사과하는 의미로, 오늘은 내가 쏠게."

나는 일부러 입술을 내밀며 툴툴댄다.

"그러게, 아까 나랑 같이 나오지."

장반지도 이미 로라와 내가 같은 아파트 같은 동 윗집 아랫집에 산다는 걸 알고 있다. 그래도 은근슬쩍 한 번 더 강조하고 싶었달까. 뚱한 표정으로 귀를 후비는 장반지를 보니 내 의도가 정확히 먹힌 것 같다.

"오늘은 볼일이 좀 있었거든. 아, 근데 그냥 은송이 너랑 같이 나올 걸 그랬어. 나도 이제 지각쟁이 이미지 좀 벗어나야지."

로라는 그게 그렇게 어렵다는 듯이 한숨을 쉬며 웃어 보이고는 주문을 위해 카운터로 향한다. 장반지는 그런 로라의 뒷모습을 빤히 바라보다가 이윽고 핫초코, 콜라, 디카페인 커피를 담은 쟁반을 들고 돌아온 로라에게 대뜸 묻는다.

"근데, 무슨 볼일이 있었는데?"

"뭐, 그냥."

"너 원래 오늘 데이트한다고 했잖아. 우리랑 놀면 남친 삐지는 거 아니야?"

장반지의 입에서 나오는 소리는 하나같이 다 시시하다. 로라가 어련히 알아서 했겠지. 올 만하니까 온 거겠지. 솔직히 로라 남친이 삐지든 말든 알게 뭐람.

그런데 로라는 그 질문이 나오길 기다렸다는 듯이 만족스러운 표정을 지으며 소파 등받이에 등을 기댄다. 눈을 내리깔고 옅은 미소를 짓는다. 그리고 뜻밖의 말을 한다.

"남친? 내가 남친이 어딨어?"

이야긴즉슨 이러하다. 로라는 오늘 남자 친구와 헤어졌다. 정확히는 로라가 남자 친구를 찼다. 이유는 말하지 않았지만 어차피 물어볼 생각도 없었다. 로라는 연애를 꽤 해 봤고 대부분의 이별은 대수롭지 않게 넘겨 왔다. 이번에도 보나 마나 그냥 그런 연애에 그냥 그런 이별일 테지. 지찬기라고 했던가. 솔직히 로라의 상대로 내 마음에 차는 녀석도 아니었다. 스터디카페에서 수작 건 얘기를 들었을 때부터 영 탐탁지 않았다. 접근한 수법이 너무 촌스럽고 뻔하달까. 그래도 얼마 못 갈 거라 생각은 했지만 올해는 넘길 줄 알았는데.

남친과 헤어졌다는 말에 장반지는 "뭐야, 그럼 우린 대타야?" 하고 투덜거렸지만 나는 크리스마스이브에 차인 로라의 전 남자 친구가 살짝 측은하게 느껴질지언정 대타가 된 나 자신이 가엽다는 생각은 조금도 들지 않았다. 결국 로라가 누구에게 돌아왔는지 봐. 누구랑 같이 있는지 보라고. 로라가 연애하는 걸 보고 있노라면 연애 같은 거 다 거기서 거기, 무의미한 게임처럼 느껴진다. 로라도 이제 지칠 때가 됐는데.

로라는 카페에서 몇 번이고 핸드폰 문자 알림을 무시했다. 장반지가 내용을 궁금해하자 아예 핸드폰을 가방 깊숙이 처박아 두었다. 그렇게 30분쯤 지났을까. 불쑥, 키 큰 남자애 하나가 카페로 들어섰다. 지찬기였다.

"나 여기 있는 거 어떻게 알았어?"

로라가 당황해하며 지찬기를 카페 밖으로 잡아끌었다.

장반지와 나는 유리문 너머 심각한 표정으로 이야기를 나누는 둘을 힐끔힐끔 쳐다보았다. 코트 주머니에 양손을 찔러 넣고 한숨만 푹푹 쉬는 지찬기. 한 손은 허리에 다른 한 손은 이마에 올리고 곤란한 표정을 짓는 로라. 장반지가 둘이 무슨 얘기를 하는 거 같냐고 묻길래 내가 초능력이 있는 것도 아니고 그걸 어떻게 아냐고 불퉁댔다. 사실 로라가 먼저 말하지 않는 이상 내가 먼저 로라의 연애사에 대해 묻는 경우는 거의 없다. 평소엔 미주알고주알 얘기하던 로라도 이번 연애에 대해선 말을 아끼는 편이었고. 좀 물어볼 걸 그랬다. 내가 너무 무관심했나. 나는 유리문 밖 지찬기의 얼굴을 찬찬히 뜯어보았다. 차였다고 다 측은한 건 아니군. 남자애가 로라를 붙잡고 있는 시간이 길어질수록 로라의 전 남친을 가엾게 여기던 내 마음은 하릴없이 싸늘하게 식어 갔다. 쉴 새 없이 문자 폭탄을 날리고, 초대하지도 않았는데 자기 멋대로 찾아오다니. 그것도 세상에서 자기 자신을 가장 불쌍히 여기는 듯한 얼굴을 하고서.

한참이 지나 마침내 자리에 돌아온 로라가 다 식어 버린 커피를 홀짝이며 중얼거렸다.

"다시는 연애 안 해."

그 말을 듣고 싱글벙글 웃는 장반지와 눈이 딱 마주쳤다. 마치 거울을 보는 듯해 뜨끔해진 나는 있는 힘을 다해 표정을 관리했다. 안 좋게 끝난 연애 때문에 힘들어하는 친구 앞에서 장반지처럼 눈치 없이 히죽해죽 웃어 보일 순 없었으니까.

아무리 듣고 싶었던 말을 들었다 해도 말이다.

왜 이렇게 찜찜한 기분이 드는지 모르겠다. 내심 바라고 있었던 로라의 연애 중지 선언에도 불구하고 집에 가는 발걸음이 마냥 가볍지만은 않다. 체육관에 들러 아빠 얼굴이나 보고 가야지. 카페에서 케이크도 포장했다. 오늘 크리스마스 기념으로 회원들이랑 뒤풀이하느라 좀 늦을 거라 했으니 체육관으로 가져다주는 게 낫겠지.

도도안 피트니스. 얼마 전에 새로 단 간판이 시원시원하고 깨끗하니 좋아 보인다. 비용이 꽤 들었다지만 리모델링하길 잘한 거 같다. 엘리베이터를 타려다가 계단을 오른다. 고작 3층인데 무슨 엘리베이터냐고, 아빠한테 잔소리 들을 게 뻔하니까.

"어, 은송이 왔네."

체육관 문을 열자마자 카운터에서 일을 보던 티제이 삼촌과 눈이 마주친다. 삼촌이 체육관에서 일한 지는 아직 1년이 채 되지 않았지만 서로 별다른 격의 없이 지내는 편이다. 다 삼촌 성격이 좋은 덕이다. 나를 대할 때뿐 아니라 회원들을 대할 때도 워낙 친절하고 사근사근해서 아빠도 티제이 삼촌을 퍽 마음에 들어 한다. 아, 티제이는 체육관에서 쓰는 닉네임이다.

"앤지 이모랑 아빠는요?"

"아, 잠깐만."

티제이 삼촌이 기다리라는 듯이 손짓한다. 새로 만든 회원 카드를 건네며 이런저런 설명을 하는 걸 보니 맞은편에 선 사람은 오늘 등록한 신규 회원인 것 같다. 크리스마스이브 저녁에 체육관 등록을 하는 사람도 있네 하고 신기한 마음이 드는 찰나 오늘도 여전히 구슬땀을 흘리며 운동에 열중하는 우수 회원들의 모습이 눈에 들어온다. 근손실 방지를 위해 1년 365일 빠짐없이 체육관 도장을 찍는 사람들이 이렇게나 많은데, 갑자기 크리스마스부터 운동을 시작하고 싶어지는 사람도 있을 수 있겠지.

"지금 바로 시작할 수 있나요?"

큰 키에 넓은 어깨, 커다란 후드를 푹 눌러쓴 모습이 딱 운동 마니아 같은 인상을 풍긴다.

"이런, 어떡하죠? 한 시간 정도밖에 못 하실 텐데. 오늘은 조금 일찍 문 닫고 회원님들이랑 요 아래 치킨집에서 파티를 하기로 해서요."

크리스마스 파티를 위해 보름 전부터 미리 양해를 구하고 공지도 돌렸지만 신입 회원은 이를 알 턱이 없다.

"치맥하는 자리에 같이 가자고 할 수도 없고……."

삼촌이 난처한 표정을 짓는다.

"괜찮아요. 딱 30분만 땀 빼고 가죠, 뭐."

신규 회원이 후드를 훌러덩 벗어 내며 태연히 말한다. 내 또래구나. 티제이 삼촌이 왜 오늘 파티에 초대하지 못했는지 단박에 눈치챌 수 있을 만큼 앳된 얼굴이다. 겨울인데도 한여름 햇볕에 그을린 듯한 피부가 눈에 띈다. 어쩌면 진짜로 운동하는 애인지도 모르겠다.

"아, 그래요? 그럼 탈의실은 저기……."

신규 회원의 담백한 기상에 당황한 건지 감탄한 건지, 티제이 삼촌이 벙벙한 표정을 짓는다. 남자애는 꾸벅 인사를 하더니 탈의실을 향해 몸을 휙 돌린다. 그 바람에 대뜸 나와 눈이 마주친다. 까만 눈썹만큼이나 까만 속눈썹. 까만 속눈썹만큼이나 까만 눈동자. 어쩐지 쉬이 웃지 않을 것 같은 인상이 풍긴다. 잘 웃지 않는 걸로 치면 나도 꿀릴 건 없지. 우리는 잠시 빤히 서로를 쳐다본다. 몇 초나 흘렀을까. 남자애는 숨도 참고 있는 것 같다. 나는 안경을 추어올리며 속눈썹 한 번 떨지 않는다. 내가 시선을 피하지 않자 남자애가 고개를 갸웃하더니 다시 후드를 뒤집어쓴다. 내가 이겼다. 초면에 눈싸움이라니 좀 유치하긴 하지만 이왕 이겼으니 남자애의 얼굴에서 패배감의 흔적을 찾아내고 싶은 짓궂은 마음도 든다. 하지만 커다란 후드에 얼굴이 가려진 탓에 어떤 표정을 짓고 있는지 알 길이 없다.

곧 남자애는 저벅저벅 자기 갈 길을 가고 나는 티제이 삼촌에게 다가가 말을 건다.

"오늘 선곡이 왜 이래요?"

평소와 달리 유난히 느릿하고 부드러운 멜로디의 캐럴이 잔잔히 흐른다. 당장 운동을 멈추고 담요를 덮어쓴 채 귤이라도 까먹어야 할 듯한 음악이다.

"이제 곧 파티도 할 거니까, 미리 분위기 좀 낼 겸 틀어 놨지. 어때?"

그래도 얼마 전 아빠랑 함께 장식한 카운터 옆 크리스마스트리와는 무척 잘 어우러진다.

"흠…… 그냥 뭐……. 근데 아빠는요?"

"1층 치킨집 가셨어. 치킨집 사장님한테…….."

"하아, 또."

나는 듣지 않아도 알겠다는 투로 삼촌 말을 끊고 한숨을 쉰다.

"또 닭 가슴살만 튀겨 달라고 부탁하러 갔죠?"

삼촌은 빙그레 웃고 나는 계속 투덜댄다.

"그럴 거면 그냥 삶아 먹지, 어차피 튀겨 먹는 건데 닭 가슴살은 무슨."

나는 티제이 삼촌에게 조각 케이크를 건네며 맘에도 없는 소리를 한다.

"이것도 먹지 말라 해요. 삼촌이랑 이모랑 둘이 다 먹어요."

"오, 케이크. 땡큐 땡큐. 이거 진짜 앤지 누나랑 나랑 둘이 다 먹는다?"

티제이 삼촌이 장난스러운 표정을 지으며 묻는다. 나는 그러라는 뜻으로 눈에 힘을 주고 고개를 끄덕인다. 하지만 그럴 수 있을 리가 없다는 걸 잘 안다. 아빠에게 케이크 먹은 흔적을 들키지 않을 방법은 없다. 맨날 몸에 좋은 음식 타령만 해 대지만 사실 케이크만 보면 사족을 못 쓰는 아빠니까. 분명 귀신같이 알아낼 테지.

"뭘 혼자 먹어?"

아니나 다를까. 체육관 문을 열고 들어선 아빠가 뒤에서 양손으로 내 어깨를 와락 움켜쥔다.

"아, 아파."

나는 짜증을 내며 아빠의 손아귀에서 빠져나온다. 흥, 아빠도 양반은 아니네. 하여튼 케이크 냄새 하나는 귀신같이 맡는다니까. 이런 고열량 지방 덩어리를 왜 사 왔냐고 3초 정도 투덜거리다가 곧 세상에서 가장 행복한 사람이라도 된 듯 황홀한 표정을 하고서 냠냠 맛있게 먹겠지. 아빠가 제일 좋아하는 딸기 생크림 케이크인데, 아무렴.

"어깨가 요래 요래 쪼그마니까 아프지. 맨날 하라는 운동은 안 하고 코딩인가 뭔가 한다고 핸드폰이랑 컴퓨터만 붙잡고 앉아 있으니……. 이거 봐라, 어깨 굽은 거. 자고로 여자고 남자고 강철 어깨 장착하고 가슴을 딱 펴고 다녀야…… 어?"

맨날 하는 똑같은 얘기 또 시작이다 싶을 때 마침 운동복으로 갈아입은 신규 회원이 탈의실에서 나온다. 아빠가 슬쩍 삼촌에게 묻는다.

"못 보던 회원님이신데?"

"방금 등록하셨어요. 들어오자마자 묻지도 따지지도 않고 등록하고 그냥 바로 운동 시작."

"오!"

아빠가 눈을 빛내며 성큼성큼 신규 회원에게 다가가 앞뒤 없이 악수를 청한다. 당황한 신규 회원이 엉거주춤 손을 내민다. 못 말려, 정말. 나는 웃음을 참으며 신규 회원의 표정을 살핀다. 여전히 웃음기 없는 얼굴이다. 하긴 아빠의 망치 같은 손에 붙들려 휘둘리고 있으니 웃음이 나올 리가 없다. 몇 마디 이야기를 나누고 나서 아빠가 흡족한 얼굴로 돌아온다.

"우수 회원님 자질이 보이는군."

아빠의 시선이 카운터 뒤 화이트보드에 닿는다. 매달, 이달의 우수 회원 이름을 커다랗게 적어 놓는 보드다. 나는 고개를 절레절레 흔들며, 저편에서 아령을 골라 들고 거울 앞에 선 신규 회원을 딱한 눈빛으로 쳐다본다. 아빠한테 찍혔으니 앞으로도 웃을 일은 없겠어. 운동을 아무리 좋아한다 해도 아빠의 트레이닝을 받으며 웃을 수 있는 사람은 없다. 그런 사람은 아직까지 한 번도 본 적이 없다.

"어, 그러고 보니 아빠가 사 준 코트 입었네."

"그걸 이제야 알았어?"

"아이고, 야. 이쁘다. 초록색 튄다고 하더니, 이쁘지? 괜찮지?"

아빠가 나와 티제이 삼촌을 번갈아 쳐다보며 대답을 강요한다. 삼촌이 애매하게 웃는다. 나는 어쩐지 창피해져서 고개를 돌린다. 그런데 훅, 저쪽 거울에 비친 남자애의 모습이 눈에 들어온다. 힐끗 나를 쳐다본 거 같기도 하고. 더 창피해진다.

"이쁘긴 뭐가 이뻐. 사 놓고 안 입으면 아까우니까 입은 거야."

그냥 패딩 입을걸. 괜히 들떠서는……. 로라는 원체 옷에 관심이 없어서 내가 평소와 다르게 뭘 입든 알아채지도 못하는데 뭐 하러 옷차림에 힘을 줬을까.

"뭘! 이쁘기만 한데. 우리 은송이는 뭘 입어도 다 잘 어울리지만 이 아빠의 감각이 더해지면 멋쟁이도 이런 멋쟁이가 없단 말이야."

아빠가 의기양양해하는 걸 보니 더더욱 패딩이나 입을걸 하는 생각이 든다. 그때 앤지 이모가 여자 탈의실에서 나오며 끼어든다.

"사장님이랑 은송이랑 취향이 달라도 너무 다르잖아요. 은송이는 시크하면서도 귀여운 분위기인데 사장님은 너무……."

"너무…… 뭐?"

능청스럽게 무슨 말인지 도통 모르겠다는 듯이 어깨를 으쓱하는 아빠를 보며 앤지 이모와 나, 티제이 삼촌이 동시에 빙그레 웃는다.

"사장님은 워낙 준수하셔서 컬러풀하고 화려한 게 정말 잘 어울리신다고요."

삼촌이 적당히 얼버무린다. 삼촌의 말은 반은 맞고 반은 틀리다. 아빠가 컬러풀하고 화려한 스타일을 좋아하는 건 맞지만 잘 어울리는지는 모르겠다. 근데 또 워낙 자신감이 넘치니 그럭저럭 괜찮아 보이기도 하고…….

"내가 좀 그렇지. 근데 우리 은송이도 은근히 컬러풀한 게 잘 어울린다니까? 안 그래요, 여러분?"

아빠가 몸을 돌려 회원들에게 묻는다. 운동하던 사람들이 죄 나를 쳐다보며 웃는다. 홧홧 얼굴이 달아오른다. 그런데 그 와중에 관심 없다는 듯 고개를 푹 숙이고 앉아서 팔 운동에 집중하는 신규 회원의 모습은 왜 이리 확확 눈에 들어오는지.

"몰라! 아빠 케이크 먹지 마! 삼촌이랑 이모만 먹어."

나는 팽 돌아서 나온다. 크리스마스에 눈이 내린다고 해서 다 완벽한 크리스마스는 아닌 것 같다.

눈을 뜨자마자 로라에게 메시지를 보내려고 했는데 한발 늦었다.

— 메리 크리스마스!

로라가 먼저 크리스마스 인사를 보내 놓은 것이다. 메시지가 도착한 시간을 보니 꽤 이른 시간인데. 잠을 설친 걸까.

— 메리 크리스마스!

나도 부랴부랴 답신을 보낸다. 마침 로라도 핸드폰을 보고 있었는지 메시지 옆의 숫자 1이 바로 사라진다.

— 은쏭쏭, 잘 잤어?

— 웅웅. 넌? 잘 못 잤어? 메시지 보니까 새벽 다섯 시에 보냈던데.

— 자다 깨다 했어.

— 혹시…….

─ 응?

─ 혹시 그 자식이 계속 연락하고 괴롭힌 거야?

내 추측이 틀렸길 바라며 대화창에 맴도는 짧은 침묵을 지켜본다.

─ 아니야, 그런 거. 그냥 생각이 좀 많아져서.

─ 정말이지?

─ 당연히 정말이지. 난 너한테 비밀 없잖아.

아니라니 다행이다. 안도의 한숨이 절로 나온다. 그래도 로라가 크리스마스에 잠도 못 자고 고민한 이유의 9할이 지찬기 때문일 거라는 의심을 떨칠 수 없다.

─ 걔, 또 그러고 따라다니면 아줌마랑 아빠한테 얘기하자. 혼자 속 썩지 말고.

우리 아빠도, 로라의 엄마 덕희 아줌마도 꽉 막힌 타입은 아닌데 로라는 자신의 연애 생활을 어른들에게 알리고 싶어 하지 않는다. 특히 덕희 아줌마한테.

─ 얘기는 무슨 얘기를 해. 이제 그럴 일도 없을 텐데. 걔도 자존심이 있지 또 그러겠어? 걱정할 필요 없어.

로라가 안심하라는 듯이 말한다. 가장 안심이 필요한 사람은 자기 자신이면서. 어쩌면 로라는 더는 그런 일이 일어날 리 없다고 믿어 버리고 싶은지도 모른다. 그래야 진짜로 안심이 되니까.

─ 그나저나 나 크리스마스를 맞이하여 선언할 게 있다!

─ 뭐지? 궁금하게.

로라는 평소 이런저런 고백도 많이 하고 무슨 무슨 선언도 많이 한다. 그러니 오늘처럼 뜬금없이 선언 타령을 해도 별로 난데없다는 느낌은 들지 않지만 그렇다고 '아, 또, 뭐' 하면서 시큰둥하게 반응하긴 싫다. 고백이니 선언이니 할 때마다 로라의 모습이 귀엽기도 하고. 나는 호기심 어린 태도로 로라의 말을 열심히 들어 줄 준비가 되어 있다. 그런데,

― 아, 맞다. 장반지도 초대해야지.

응? 갑자기 장반지? 기분이 확 상한다. 하지만 뭐라 말하기도 전에 대화창에 장반지가 입장한다. 장반지는 들어오자마자 이모티콘을 마구 띄운다. 반갑게 인사하는 하얀 강아지, 엉덩이를 흔들어 대는 유행 지난 캐릭터, 병맛 느낌의 과장된 폰트, 어른들이 덕담으로 쓸 법한 꽃과 예쁜 글씨가 어우러진 카드, 대화창의 반을 훌쩍 넘는 사이즈의 산타와 루돌프……. 하나같이 시끌벅적하고 하나하나 제각기 노는, 오합지졸 이모티콘 군단이다. 정신 사나워 죽겠네.

― 어제 반지도 같이 있었으니까, 너희 둘한테 얘기해 두려고.

'너희 둘'이라는 표현이 제법 거슬린다. 장반지랑 어울린 지 얼마나 됐다고 벌써 나만큼이나 친해진 듯 대하나 싶어 조금 섭섭하기도 하고.

― 뭔데 뭔데.

장반지가 또 이모티콘을 날린다. 말 한마디에 열 개 이상 이모티콘을 띄우지 않으면 몸 어딘가에 가시라도 돋나 보다.

― 음. 그게…….

― 두구두구두구.

 또 또 이모티콘. 나는 이모티콘이 도배된 대화창을 뚫어져라 노려본다. 혹시 이모티콘과 이모티콘 사이에 로라의 선언이 묻혀 지나갈까 봐, 눈도 깜빡이지 않는다. 로라 역시 장반지의 도배가 끝나기를 차분히 기다리는 듯하다.

― 나 이제…….

 마침내 대화창에 평화가 찾아오자 로라가 운을 떼운다.

― 나 이제 연애 안 할 거야! 나, 오로라! 연애 중지를 선언한다!

 피식, 웃음이 난다. 난 또 뭐라고.

― 에이, 로라. 그거 어제 했던 말이잖아. 다시는 연애 안 한다고.

 장반지가 뒤통수를 긁는 소리가 여기까지 들린다.

― 아니아니, 어젠 그냥 홧김에 했던 말이고. 밤새 곰곰이 생각해 봤는데, 이제 진짜…… 연애 못 해 먹겠어.

 나는 웃음기를 거두고 로라가 밤잠을 설쳐 가며 고민했을 그 '연애'라는 것에 대해 생각해 본다. 아무래도 연애라는 건 골치 아프고 귀찮을 뿐인, 그저 시간 낭비를 위한 관계 쌓기 같다. 시간 낭비만 하면 모르겠는데, 감정 낭비까지 심해서 득이 될 게 하나도 없어 보인다.

― 그래그래. 어제도 응원하고 오늘도 응원해. 연애 중지 화이팅!

 장반지가 손뼉 치는 이모티콘을 연달아 올린다. 세상에 박수하는 이모티콘 종류가 이렇게나 많았던가.

─ 헤헷. 너네한테 이렇게 딱 얘기해 놔야 나도 결심이 흔들릴 때마다 선언한 게 창피해서라도 지키려고 노력할 거 아니야. 근데…….

불길하다. 뭐가 더 있는 게 분명하다.

─ 근데 뭐? 뭔데?

장반지가 참을성 없이 재촉한다. 도대체 로라는 장반지의 어떤 점이 마음에 들어서 가까이하는 걸까.

─ 나…….

─ 뭔데 뭔데 뭔데.

─ 나, 하나 더 결심한 게 있지.

장반지의 '뭔데 뭔데 뭔데'에 이어 '두구두구두구'가 리플레이된다. 여기에 이모티콘 도배까지 또 봐야 하나 싶어 당장이라도 대화창을 나가고 싶어진다. 그런데 그 전에, 로라가 장반지의 이모티콘 폭탄을 온몸으로 막아 내듯 두 번째 선언을 한다.

─ 나 이제 연애는 안 하고 짝사랑만 할 거야.

거짓말처럼 대화창이 조용해진다.

2

12 28
＊첫인상＊

삑삑삑삑. 현관문 비밀번호를 누르는 소리가 들리지만 소파에서 일어날 생각은 없다. 아빠도 창가에 서서 이렇게 저렇게 몸을 비틀었다 늘렸다 하며 아침 스트레칭에 집중하고 있다. 우리 둘 다 번호 키를 누르는 사람이 누구인지 뻔히 알기에 놀라지도 궁금해하지도 않는다.

"사람이 오면 좀, 반기는 척이라도 해라."

덕희 아줌마가 혀를 차며 들어온다. 오른손에는 마트에서 공짜로 나눠 주는 커다란 부직포 가방이 들려 있다. 오늘 가져다주겠다고 했던 원주 할머니표 반찬이 가방 안에 가득 들어 있겠지.

"이렇게, 응? 일용할 양식까지 잔뜩 들고 왔는데."

덕희 아줌마의 엄마, 그러니까 로라의 할머니는 원주에서 반찬 가게를 하신다. 워낙 손맛이 좋아 오래된 단골도 많고 장사도 잘된다고 한다. 근데 덕희 아줌마와 로라는 둘 다 입이 워낙 짧아서 원주 할머니가 보내오는 반찬을 반의반도 소화해 내지 못한다. 덕분에 아빠와 내가 반찬 처리반으로 임명된 지 오래다.

"허허, 오히려 우리한테 고마워하면서 90도로 인사하며 들어와야지. 어머님이 보내 주신 소중한 반찬을 다 먹지도 못하고 버려서 불효녀 되는 걸 막아 주는데."

나는 소파에 기댄 채 노트북에 시선을 고정하고 가만히 고개를 끄덕인다. 이번만큼은 아빠 말이 맞다. 덕희 아줌마는 온종일 커피만 입에 달고 살 뿐, 뭘 찾아서 먹는 법이 없다. 토스트 반 조각만 먹어도 소화가 안 된다고 난리이니.

"아, 뭐래. 암튼 도라지, 시금치 먼저 먹고, 녹두전은 틈틈이 유산지 끼워 놨으니까 오늘 안 먹을 거면 냉동해 놓고, 장조림은 나중에 한 번 더 끓이면 오래 가고…… 그렇다고 합니다."

원주 할머니가 말해 준 대로 외워서 읊는 덕희 아줌마를 향해 설렁설렁 다가간 아빠가 가방을 슬쩍 들추어 본다.

"이햐, 이거 이번엔 어머님이 보내 주신 고대로 가져온 거 같은데. 로라라도 먹게 좀 덜어 놓고 가져오지, 이게 뭐여."

아빠가 가방에서 반찬을 꺼내 놓으며 말한다.

"뭐, 어차피 로라도 맨날 여기 와서 밥 먹는데. 난 요즘 정신없어서 뭐가 안 넘어가고."

도통 먹는 것도 없이 어떻게 그렇게 하루 종일 책상 앞에 앉아 글을 쓰는지 모르겠다. 힘이 달려서 머리도 안 돌아갈 거 같은데. 아줌마는 자긴 커피만 있으면 된다고 큰소리치는데, 어쩌면 커피만 마시기 때문에 그런 이상한 드라마를 쓰는 건지도 모르겠다. 소위 말하는 막장 드라마. 그렇다. 아줌마가 쓰는 드라마를, 사람들은 막장 드라마라고 부른다. 하지만 나랑 로라는 아줌마의 드라마를 좋아한다. 특히 로라는, 맨날 온갖 일로 엄마와 말다툼하면서도 드라마에 대해 이야기할 때만큼은 그렇게 엄마랑 쿵짝이 잘 맞을 수가 없다.

"아저씨, 저 왔어요! 로라로라오로라!"

내가 로라 생각을 할 때 로라가 곧잘 나타나는 이유는 분명 그만큼 우리가 자주 만나는 사이이기 때문일 것이다. 아니면 내가 로라 생각을 많이 하기 때문일 수도 있고. 나는 바로 노트북을 덮고 현관 쪽으로 몸을 돌린다. 수면 잠옷 바지에 목 늘어난 티셔츠, 집에서 입던 플리스 점퍼 하나만 대충 더해 나온 모양새로 로라가 들어선다. 아줌마가 힐끗 로라를 쳐다보며 말한다.

"아까 내가 같이 내려가자고 할 때는 들은 척도 안 하더니."

로라는 여전히 들은 척도 안 한다. 둘이 또 싸웠나 보다. 로라와 아줌마는 허구한 날 싸운다. 티격태격하는 날이 태반이지만 심하게 다투면 일주일 동안 한마디 말도 안 할 때도 있다. 분위기를 보아하니 오늘은 살짝 삐걱거리는 정도인 듯하다.

나는 아빠에게 슬쩍 눈치를 준다. 우리는 아줌마와 로라의 다툼을 중재하는 데 아주 이골이 난 사람들이다.

"오, 로라로라…… 오늘 유난히 에너지가 넘쳐 보이는데?"

내 눈짓을 알아챈 아빠가 재빨리 분위기를 바꿔 본다.

"방학이라 신났지 뭐. 맨날 핸드폰만 끼고 살고."

아줌마가 툴툴거린다. 오늘 싸운 이유도 핸드폰 때문일 거다. 아줌마는 방학 시작하자마자 핸드폰만 보며 뒹굴거리는 게으른 딸이 못마땅하고, 로라는 방학한 지 얼마나 되었다고 좀 쉬지도 못하게 잔소리를 해 대는 엄마한테 짜증이 났을 테니까.

"그래? 이렇게 넘치는 에너지를 핸드폰에만 쏟는 건 아깝지 않나?"

아빠가 능글맞은 표정을 짓는다. 그 표정이 무슨 뜻인지 아는 나는 냉큼 노트북을 다시 켠다. 로라를 꼬셔서 체육관에 데려가려는 속셈이 분명한데 만약 로라가 아빠의 꼬임에 넘어가 체육관에 간다면 절대 혼자 갈 리가 없기 때문이다. 분명히 나를 끌고 가리라. 나는 보란 듯이 코딩 창을 열고 안경을 추어올린다. 로라와 함께 시간을 보내는 건 좋지만 운동만큼은 정중히 사양하련다.

"좀 찌뿌둥하긴 해요. 아, 진짜 체육관 가서 몸 좀 풀어 볼까?"

로라가 기지개를 켜며 힐끗 날 쳐다보길래 노트북 속으로 들어갈 기세로 모니터에 시선을 처박는다. 이에 질세라, 로라도 냉큼 내 옆에 앉아 내 어깨 위에 머리를 기대며 말을 잇는다.

"보드 타기 전에 운동 좀 해 둬야 할 거 같기도 하고……."

"암튼, 놀 생각만 하지."

휘휘 주방을 뒤지며 커피 내릴 준비를 하던 아줌마가 삐죽 입을 내민다.

"아니 왜, 로라가 맞는 말 했구먼. 다리 힘을 키워야 보드도 잘 타지. 그리고 스키장처럼 건전하고 건강하게 놀다 올 수 있는 데가 얼마나 있다고."

아빠가 로라 편을 들어주는 건 당연하다. 매년 로라 생일 때마다 스키장에 가는 건 우리 넷의 연례행사나 다름없지만, 사실 이 행사를 좋아하는 사람은 아빠와 로라 둘뿐이니까. 나는 가 봤자 스키만 조금 타다 마는 정도이고, 아줌마는 스키고 보드고 질색이라 사우나랑 카페만 오가는 게 다다.

"애초에 그 콘도 회원권을 사는 게 아니었어. 내가 저 꼬임에 넘어가서는……."

덕희 아줌마가 헛헛한 웃음을 지으며 아빠를 흘겨본다.

"거, 사계절 틈날 때마다 거기 가서 글도 쓰고 쉬다 오고 본전 뽑고 있으면서."

"그니까, 그게 본전 생각나서 가는 거지."

이리저리 눈을 굴리며 딴청 피우는 아빠를 덕희 아줌마가 재미있다는 듯이 계속 구박한다. 예전에 아줌마가 쓴 드라마가 흥행이 잘되어서 생각보다 큰 수입이 생겼을 적에 아빠가 매년 스키장에 편하게 갈 요량으로 아줌마를 꾀어서 콘도 회원권을 '지르게' 했다는 말은 해마다 이맘때쯤이면 듣는 레퍼토리다. 그리고 이 얘기가 나오면 로라와 내 눈이 마주칠 타이밍이고. 우리는 따분한 표정으로 눈짓을 주고받는다.

"아저씨, 나 체육관 갈래요."

로라가 아빠와 아줌마의 대화 사이로 불쑥 끼어든다.

"그럴래?"

아빠가 반색한다. 덕희 아줌마의 구박도 피하고 로라를 운동시킬 생각에 신도 나고, 반색할 만하다.

"그래, 운동해야지, 운동. 오덕희 작가님은 집에 가라고 하고 로라랑 은송이는 체육관 가자. 작가님, 집에 가서 일하세요, 일. 집필하셔야죠."

덕희 아줌마는 들은 척 만 척하고 갓 내린 커피를 호로록 마시며 식탁 의자에 자리를 잡고 앉는다. 못 들은 척하는 걸로는 나도 아줌마한테 뒤질 생각이 없다. 지금 틈을 보이면 바로 체육관에 끌려갈 게 분명하다. 나는 잽싸게 노트북을 들고 가서 아줌마와 마주보고 앉아 아무도 나를 건드리지 말라는 의미로 이어폰을 귀에 꽂는다.

"은쏭쏭……."

어림없다는 듯이 로라가 쪼르륵 따라와 이어폰으로 귀를 막았는데도 다 들릴 만큼 내 귀 가까이에 입을 대고 속삭인다.

"은쏭쏭……."

내가 꼼짝도 안 하자 이번엔 검지로 내 뺨을 콕콕 찌른다. 찹쌀떡 찌르는 것처럼 재미있다며 로라가 자주 하는 행동이다. 맞은편에 덕희 아줌마가 "은송이 볼살은 말이야, 우리 엄마 반찬 지분이 8할이야."라고 실없는 농담을 한다. 안 돼. 여기서 무너질 순 없어. 광대에 힘을 주고 버텨 보지만 로라가 내 팔에 착 달라붙어 팔짱을 낀 순간 오래 뻗대지 못하리라는 걸 직감한다. 이건 팔짱이 아니라 결박이잖아. 아아, 꼼짝없이 끌려가겠구나.

그렇게 막 체념에 이르려고 하는 순간 갑자기 핸드폰 진동이 울린다.

"누구야? 어, 호서로네."

로라가 내 핸드폰을 들여다보며 말한다. 나는 핸드폰 액정에 뜬 이름을 보고도 떠올려야 할 약속을 바로 떠올리지 못한다. 뭔가 깜빡한 게 있는 거 같은데 그게 뭔지 단박에 생각나지 않는다.

"왜 안 받아?"

"아, 그게……."

내가 난처한 표정을 짓자 로라가 덥석 핸드폰을 쥐고는 통화 버튼을 누른다.

"안녕, 서로. 오랜만. 지금 도은송 뭔가 찔리는 표정 짓고 있는데 무슨 일이지?"

로라는 별로 친하지 않은 사람과도 말을 참 잘 섞는다. 서로랑 오래 알고 지낸 사이이긴 하지만 둘이 그다지 살가운 사이도 아닌데. 아마 로라가 서로에 대해서 아는 게 있다면 99퍼센트 날 통해 전해 들은 내용일 것이다.

"아, 그래? 그랬어?"

수화기 너머 서로가 뭐라 뭐라 하는 말이 얼핏 들린다. 로라는 내내 짓궂은 표정만 짓고 있다.

"그래, 뭐. 도은송이 잘못했네. 알았어. 지금 가라고 할게."

로라가 전화를 끊고 장난스러운 얼굴을 내 얼굴 가까이 바싹 가져다 댄다.

"뭐야, 설마 아직도 기억 안 나는 거야?"

"아, 그게…… 오늘인가?"

아무래도 요 며칠 정신이 딴 데 가 있었나 봐. 로라, 너 때문에. 속으로 꿍얼거린다. 하지만 로라 탓을 하는 듯이 들릴까 봐 입 밖으로 소리 내진 않는다. 어쨌거나 약속을 잊어버린 건 다 내 불찰이니까.

"얼른 가 봐. 호서로 낯도 엄청 가린다며."

로라가 핸드폰을 내게 건네주며 고개를 절레절레 젓는다. 아마도 조금 전 서로와 통화할 때 좀 답답했던 모양이다. 그럴 만도 하지. 예상치 못한 낯선 이와의 통화에 버벅거렸을 서로의 모습이 눈에 훤하다. 로라 성격으로는 그런 서로의 반응이 이해되지 않아 답답했을 테고.

"어…… 응!"

가엾은 호서로……. 지금도 얼마나 혼자 주뼛거리고 있을까. 후닥닥 노트북을 챙겨 들고 옷을 갈아입으러 방으로 향한다.

내가 간다, 호서로.

서로는 초등학교 3학년 때 내가 다니던 학교로 전학을 왔다. 나중에야 안 사실이지만 그전까지는 부산에서 엄마와 둘이 살았다고 한다. 세 살 적인가, 부모님이 이혼하고부터 쭉. 전학 온 이후부터는 아빠와 단둘이 지내며 정기적으로 부산에 들러 엄마와 시간을 보낸다. 그런 생활에 불만은 없을까. 지금까지 지켜본 바로는 서로 나름대로 안정과 균형을 찾은 것 같다. 가끔씩 엄마의 급한 성격과 아빠의 꼼꼼한 성격 때문에 피곤해하기는 해도 두 분에 대한 서로의 애정은 각별할 뿐 아니라 공평하기까지 하다는 게 내 생각이다.

아무튼 서로는 그렇게 나의 세계로 훅 들어왔다. 그리고 같은 반 짝꿍으로 시작된 우리의 인연은 초등학교를 졸업할 때까지 쭉 이어졌다. 정말 신기하게도, 내리 같은 반이 되었고 늘 나란히 앉았다. 사실 그 정도면 둘이 사귀느니 어쩌니 하면서 놀림당할 만도 하고 그리 놀림당하다 보면 어색한 사이가 되어 자연스레 멀어질 법도 한데 우리가 이렇게 관계를 이어올 수 있었던 건 전적으로 우리 둘 사이에 조금의 관심도 없었던 아이들 덕분이라고 본다.

"미안, 미안. 너무 늦었지."

강연 1부와 2부 사이 휴식 시간. 강당 뒷문 바로 앞에 앉아 있는 서로를 향해 겸연쩍은 미소를 보낸다. 저마다 어울려 떠드는 사람들 틈에 오도카니 앉아 있던 서로가 나를 보고는 손을 흔든다. 제법 굳어 보였던 마르고 각진 어깨가 그제야 부드럽게 움직인다. 문득 어린 시절 작고 왜소했던 서로의 모습이 떠오른다. 나는 그때나 지금이

나 별 차이 없을 정도로 일찌감치 훌쩍 자라 있었으니 누가 봐도 우리 둘은 큰누나와 막냇동생 아니면 보스와 수하 같은 느낌이었을 것이다. 바로 그게 애들이 우리 사이를 색안경 끼고 보지 않았던 이유일 테고.

"강연 날이 오늘인 줄 까맣게 잊고 있었어. 진짜 미안."

나를 보고 천군만마를 얻은 듯이 활짝 웃는 서로의 모습을 보니 미안한 마음이 더욱 커진다. 서로는 예전에 비해 덩치만 커졌지 숫기 없는 건 여전해서 어디 혼자 다니는 걸 진짜 싫어한다.

"괜찮아."

서로가 부드럽게 웃으며 말한다. 오늘도 어김없이, 얇은 갈색 머리카락이 부스스하게 이마 위를 덮고 있다.

"삐지지 않기다."

이런 일에 삐지는 녀석이 아니라는 걸 알면서도 괜한 소리를 해본다. 조금의 원망도 담겨 있지 않은 서로의 미소를 마주하니 새삼 더욱 멋쩍어진 탓이다. 서로가 무려 두 달 전부터 신청해 놓은 강연에 늦다니. 게임 업계 개발자 몇 명을 초대해 프로그래머 되는 법에 대해 얘기해 주는 강연이라는데, 서로가 같이 듣자고 하길래 그러자 해 놓고 그만 홀랑 까먹어 버렸다. 나는 멋진 개발자가 되고 싶다는 포부를 품고 있긴 하지만 강연 듣는 걸 엄청나게 좋아하는 편은 아니다. 반면에 서로는 나만큼 코딩을 좋아하는 거 같지도 않아 보이는데 이런 강연 듣는 걸 참 좋아한다. 이번 겨울 방학 동안 서로가 잡아

놓은 강연만 해도 최소 일주일에 하나씩이니…….

"진짜 괜찮아. 문자에도 답이 없길래 무슨 일 있나 해서 전화했던 거야."

"응, 응. 아, 요즘 좀 정신이 없었어. 오늘도 아침부터 로라랑 덕희 아줌마가 왕림하시는 통에……."

로라와 덕희 아줌마가 아무 때나 드나드는 일은 부지기수이지만 이런저런 핑계를 찾아 최선을 다해 변명해 본다.

"그래도 내일모레는 까먹으면 안 된다? 큐비트 AI, 그 강연이잖아."

"그럼그럼."

큐비트 AI는 미국에 있는 IT 회사다. 언젠가 내가 입사할, 꿈의 직장! 나는 걸어 다니는 큐비트 AI 사전이다. 큐비트 AI에 대해서라면 일주일을 밤낮으로 혼자 떠들어 댈 수 있을 정도니까.

"이번엔 진짜로 안 까먹을 거야. 알람도 두 개 걸어 놓을게. 하루 전, 두 시간 전."

오늘 약속에 늦은 미안함 때문에 일부러 더 눈을 반짝이며 다짐해 보인다.

"그래그래."

서로가 기특하다는 듯이 나를 쳐다본다. 언제부터 저런 표정을 지었더라. 아마도 자기가 나보다 훌쩍 자란 후부터 그랬던 것 같다. 어쩐지 은근히 내려다보는 듯한 눈빛이 썩 탐탁하지는 않다. 어른이라도 된 듯이 구는 것 같아서. 하지만 지금은 그런 내색을 할 때가 아니다.

"응, 응. 절대로 안 늦을게."

서로가 날 위해 어렵사리 예매에 성공한 강연인 데다가 다른 강연도 아니고 큐비트 AI 강연이니 더욱이 절대로 까먹어서는 안 된다. 강연에 초청된 개발자에 대해 그리고 그가 이끌었던 프로젝트에 대해 내가 모르는 게 없다는 걸 알면서도, 서로는 강연자의 이력을 찬찬히 읊으며 내일모레 강연이 얼마나 중요한지 다시 한번 강조한다. 나는 내가 아는 것들을 말하고 싶어서 입이 근질근질하지만 꾹 참는다.

그런 나를 가만히 쳐다보던 서로가 방싯 웃으며 화제를 돌린다.

"나 이따 끝나고 너랑 같이 갈 거야."

"나랑? 어딜?"

"너희 체육관."

"왜?"

"만날 사람이 있어서."

호서로가 아빠의 체육관에서 만날 사람이 있다는 말처럼 생경한 말이 있을까. 나만큼이나 운동을 즐겨 하지 않는 녀석인데. 물음표가 백 개쯤 떠오른 얼굴을 하고서 서로를 쳐다보자 서로는 애초에 숨길 생각이 없었다는 듯 술술 이야기를 시작한다.

"내가 얘기한 적 있지. 캐나다에 산다던 친구."

"캐나다? 어, 알지. 초등학교 때 유학 갔던 결이라고 했던가?"

아버지들끼리 호형호제하는 사이라 배밀이하던 때부터 자연스럽게 가까이 지내며 컸다던 친구. 좀처럼 남 얘기를 하지 않는 서로가 나 말고 다른 친구 얘기를 꺼내는 게 신기했던지라 서로의 입에서 나온 남궁결에 대한 이야기는 전부 다 기억하고 있다.

"응, 남궁결. 이번에 한국에 들어왔는데, 아는 체육관 있냐고 해서 도도안 피트니스 추천했거든."

그 순간 불현듯 얼굴 하나가 떠올랐다. 크리스마스이브부터 운동에 대한 의지를 불태우던 신입 회원. 아무래도 그 회원이 서로의 친구가 맞는 거 같다. 얼마간 새로 등록한 내 또래는 그 애 한 명밖에 없으니까.

"뭐야, 그럼 미리 귀띔이라도 해 주지."

"왜, 뭐 할인이라도 해 주게?"

할인받겠다는 의지가 전혀 보이지 않는 얼굴을 하고서 서로가 빙그레 웃는다. 누가 어디서 뭘 할인해 주겠다 해도 '아니요, 괜찮습니다' 하고 손사래 칠 녀석이 농담이랍시고 할인 얘기를 하는 모습이 웃겨서 나도 웃는다.

"할인은 못 해 줘도 우리 아빠의 특별 PT 1회권 정도는 가능. 근데 결이라는 그 친구, 운동한다고 하지 않았어? 아이스하키였나."

가물가물한 척 물었지만 사실 속으로는 아이스하키라고 확신하고 있다. 말했다시피, 서로가 그 친구에 대해 언급할 때마다 뭐 하나라도 놓치고 싶지 않아서 무지 집중했기 때문이다.

"어, 기억하고 있네? 맞아, 아이스하키. 근데 지금은……."

"응?"

"아, 아니야."

서로가 말을 하다 말고 입을 꾹 다문다. 이럴 땐 아무리 졸라도 말을 잇지 않을 걸 알기에 그냥 내버려 두기로 한다. 대신 나는 나대로, 다른 생각을 한다. 호서로의 친구인 줄 알았다면 좀 더 반갑게 맞이해 줬을 텐데 하는 생각. 웃지 않는 그 애의 표정에 질세라 나도 웃지 않고 뻗댔던 순간이 떠올라 민망해진다. 서로에게 중요한 사람한테 안 좋은 인상을 남기고 싶진 않은데.

부디 내 첫인상이 그리 나쁜 쪽으로 강렬하지 않았기를 바라는 수밖에.

"좀 일찍 왔나 보다."

저편, 체육관이 있는 상가 건물 입구를 눈으로 더듬으며 서로가 말한다.

"올라가 볼까? 먼저 와 있을 수도 있잖아."

"아냐. 그랬으면 왜 빨리 안 오냐고 닦달했을걸. 그냥 저기서 기다리지 뭐."

서로가 가리킨 곳은 체육관에서 조금 떨어진 버스 정류장 근처다. 나는 별말 없이 서로를 따른다. 서로도 다 걱정되는 바가 있어서

일 테지. 날도 추운데 체육관에 들어가서 기다리지 않고 굳이 밖에서 기다리겠다고 하는 이유가 뭐겠는가? 우리 아빠한테 걸리면 최소 스쿼트 25회씩 3세트, 팔 굽혀 펴기 15회씩 3세트는 해야 하기 때문이다. 어릴 때는 늘 어영부영 당하기만 했는데, 이제 그만한 눈치와 경계심은 생겼나 보네. 호서로, 좀 대견스러운데.

나는 버스 정류장 근처 떡볶이 가게 앞, 핸드폰을 꺼내 들고 선 서로에게 슬쩍 묻는다.

"같이 기다려 줄까?"

"아냐. 나 혼자 기다려도 돼."

"심심하지 않아?"

"심심하긴 하지."

우리는 마주 보고 피식 웃는다. 그리고 곧 동시에 핸드폰으로 시선을 고정한다. 나란히 서서 핸드폰을 보고 있으면 확실히 덜 심심하다. 나란히 앉아 따분한 수업을 듣던 때와 비슷하달까. 어떤 사람들은 이 재미를 이해하지 못한다. 아빠와 덕희 아줌마가 그렇다. 로라와 나를 두고 쟤네는 맨날 붙어 다니는 것 같지만 가만 보면 늘 각자 놀고 있다고 신기해한다. 하지만 그건 뭘 모르고 하는 소리다. 어울리면서 따로 놀 수 있는 관계야말로 진짜 친한 친구 사이라고 할 수 있다.

막 그렇게 로라 생각을 떠올린 찰나 공교롭게도 띵동 로라의 메시지가 도착한다.

― 강연 끝났으면 냉큼 집에 들어가야지, 뭐 하냐?

어디선가 날 지켜보고 있군. 어쩐지 아파트 단지 쪽 횡단보도 건너편에 있을 듯하여 목을 길게 빼고 살펴보지만 허탕이다. 어디서나 눈에 띄는 외모라 단박에 알아보지 않을 수가 없는데.

그때 뜻밖에도 뒤통수 왼편에서 귀에 익은 목소리가 날아든다.

"도은쏭쏭쏭!"

서로와 나는 동시에 체육관 건물을 향해 고개를 돌린다. 해사한 로라의 얼굴이 봄밤의 목련꽃처럼 빛나고, 덜 마른 머리카락의 윤기가 조명처럼 그 얼굴을 비춘다.

"뭐야, 웬일로 여태 체육관에 있었어?"

"아저씨 성화에 못 이겨 내가 네 몫까지 다 했지."

로라가 장난스레 웃으며 몸을 흔들자 체육관 샤워실에 비치된 가성비 좋은 대용량 샴푸의 알알한 허브 향이 폴폴 풍긴다.

"추운데 왜 머리도 다 안 말리고 나왔어."

"귀찮아서?"

로라가 개의치 않는다는 듯 한 손으로 머리카락을 거볍게 쥐고 빙빙 돌리더니 떡볶이 가게 간판과 내 얼굴을 한 번씩 돌아가며 쳐다보고 씩 웃는다.

"아무래도 우리가 지금 여기서 만난 건 계시 같다, 계시."

"무슨 계시?"

"지금 바로 떡볶이를 먹으라는 계시지 뭐야. 안 그래, 서로야?"

나는 고개를 돌려 서로를 쳐다본다. 서로는 바로 대꾸하지 못하고 주춤거린다. 로라를 어색해하는 게 분명하다. 우리 셋 모두 같은 초등학교와 중학교를 나오고, 같은 고등학교에 다니고 있지만 서로와 로라는 한 번도 같은 반이 된 적이 없다. 그래도 마주칠 일이 적진 않았는데 항상 친근하게 다가가는 로라에 비해 서로는 원체 곁을 내주지 않는 편이다 보니 두 사람은 늘 적당히 어색한 정도의 거리를 유지하며 지내 왔다.

"같이 먹을 거지, 호서로?"

마치 '넌 오늘 우리와 함께 떡볶이를 먹어야 해' 하고 단언하는 듯한 말투다. 안 되겠군. 내가 다급히 끼어든다.

"아냐, 서로 오늘 누구 만나러 온 거라서⋯⋯."

쭈뼛쭈뼛 말을 고르는 서로의 모습이 눈에 들어온 이상 내가 나서는 수밖에 없다.

"여기에? 누구 만나러?"

"서로 친구."

"친구? 은송이 너 말고?"

음. 속으로만 생각해도 될 텐데. 아무리 호서로가 나 외엔 친구가 없는 듯 보여도 굳이 면전에 대고 물어볼 필요는⋯⋯. 물론 로라가 무슨 악의가 있어서 그렇게 물은 게 아니라는 것 정도는 나도 안다. 그치만 나에겐 로라의 의도만큼이나 서로의 기분도 중요하단 말이다. 나는 조심스레 서로의 반응을 살폈다. 다행히 기분이 상한 듯 보이진 않는다. 아니, 가만 보니 기분이 상하긴커녕 되려 반가워하는 기색이 느껴진다. 도대체 왜…….

"헤이, 서로!"

굵고 깔끔한 목소리. 서로의 시선이 그 목소리가 날아온 곳을 향하며 흔들린다. 로라와 나는 동시에 고개를 돌린다. 저편에서 검은 실루엣이 성큼성큼 다가온다.

"마이 브로, 마이 서로."

"헤이, 결…….""

쑥스러운 듯 낮게 뱉은 서로의 화답 뒤로 격한 포옹이 이어진다. 검은 실루엣의 일방적인 포옹이다. 꼼짝도 못 하고 가만히 안겨 있는 서로를 보니 새어 나오는 웃음을 참기가 힘들어진다. 뭐야, 호서로. 너 이런 브로가 있었어?

그때 로라가 사정을 반쯤 아는 듯한 말투로 묻는다.

"아, 결이 네가 말했던 친구가 호서로였어?"

"어? 어, 맞아. 로라 너도 서로랑 아는 사이야?"

둘은 이미 꽤 친해진 듯이 자연스럽게 말을 나눈다. 분위기를 보니 대충 어떤 상황인지 짐작이 간다. 아마 체육관에서 통성명하고 가까워졌겠지. 그 덕에 서로도 빨리 오라는 남궁결의 닦달을 피할 수 있었던 거고. 로라가 워낙 사근사근히 대했을 테니 말이다. 근데 로라야 그렇다고 쳐도, 남궁결 저 애는……. 나는 가만히 남궁결의 얼굴을 훔쳐보다가 건치를 드러내며 웃는 모습에 살짝 당황하고 만다.

뭐야, 저렇게 활짝 웃을 줄 아는 애였네. 나랑 처음 마주쳤을 때는 웃지 않기 경쟁이라도 하는 듯이 무뚝뚝한 표정만 짓더니.

"결아, 여긴 은송이, 도은송······."

간신히 남궁결의 품에서 빠져나온 서로가 불쑥 나를 가리키며 말한다. 그제야 천천히, 남궁결의 시선이 내게 와 닿는다. 하얀 건치는 얇은 입술 뒤로 모조리 숨겨 놓고서 살며시 눈살에 힘을 준 채로 나를 쳐다본다. 지금 저 표정에 딱 어울릴 법한 소리가 있다면 '흠' 혹은 '흐음' 정도일 테다.

"네가 도은송이구나."

서로가 남궁결의 옆구리를 쿡 찌르지만 남궁결은 꿈쩍도 하지 않는다. 그런데 아마 서로가 좀 더 힘을 주어 남궁결을 자극한다 해도 남궁결을 꿈쩍하게 만들긴 어려울 것이다. 그동안 자란 키가 무색하게, 결의 옆에 선 서로는 아직 한참 더 자라야 할 것처럼 작아 보인다. 나는 고개를 치켜들고 남궁결을 쳐다본다.

"어······ 안녕. 서로 친구인 줄 몰랐네."

내가 주뼛대며 말하자 로라가 내 옆구리를 쿡 찌르며 속삭인다.

"뭐야, 뭐. 분위기 이상한데?"

"이상하긴 뭐가 이상해."

뭔가 이상해 보이긴 하겠지. 나도 뭔지 모르게 이상한데. 지금 이 이상한 분위기를 감지하지 못한 사람은 호서로밖에 없다.

"둘이 벌써 만났던 거야? 체육관에서?"

서로가 아무 속뜻도 없는 듯한 표정을 하고서 내게 묻는다.

"어? 어……."

나는 얼버무리듯 대답하며 힐끗 남궁결을 쳐다보고는 동조를 구하는 듯이 보였을까 봐 이내 후회한다. 그냥 반가워하고 말걸, 왜 쓸데없는 말을 했을까. 우리가 마주친 순간을 나만 기억하는 걸 수도 있잖아. 그때 내 대답을 확인한 서로가 고개를 돌려 남궁결을 쳐다본다. 남궁결은 눈을 내리뜬 채 서로와 눈맞춤을 하더니 어깨를 으쓱하며 툭 말을 뱉는다.

"그랬나?"

"아까 아저씨 진짜 웃겼는데. 결이가 아이스하키 했다고 하니까 완전히 흥분해서, 역시 운동한 사람은 다르다고, 자세가 남달라서 뭔가 분명 했을 거라 생각했다면서……. 오늘 아주, 결이 옆에 딱 붙어서 영혼의 단짝이라도 만난 것처럼 하트 뿅뿅이었다니까."

로라가 떡볶이를 깨작거리며 열심히 떠든다. 어쩌다 보니 넷이서 떡볶이를 먹으러 들어왔는데 정작 떡볶이를 먹자고 제안한 로라는 이제 겨우 떡 한 개만 삼켰을 뿐 먹는 건 뒷전이고 분위기를 주도하느라 정신이 없다.

"근데 결이 네가 빙판 위 날쌘돌이라니……. 상상이 잘 안 돼."

"흐. 내가 좀, 하와이에서 서핑할 것 같은 이미지이지?"

"뭐래."

로라가 웃으며 말을 잇는다.

"잘하긴 잘하더라. 자세도 좋고, 무게도 잘 치고."

아무래도 순전히 운동만 하느라 체육관에 오래 있었던 건 아닌 듯하다. 어떨 때 보면 로라는 오래 사귄 친구랑 놀 때보다 처음 만난 사람과 어울릴 때 더 즐거워하는 것 같기도 하다.

"뭐, 기본이지."

로라의 칭찬에 기분이 좋아졌는지, 남궁결이 어깨를 으쓱하며 씩 웃는다. 첫인상은 정말 무뚝뚝하고 다가가기 어려운 애처럼 보였는데, 갈수록 다른 면이 보인다. 특히 저렇게 웃는 얼굴을 보니 어쩐지 좀 능글맞아 보이기도 한다. 하아, 근데 뭐 내가 첫인상 운운할 입장은 아니다. 서로의 친구에게 안 좋은 인상을 남겼을까 봐 걱정했는데 알고 보니 안 좋은 인상은커녕 그 어떤 인상도 남기지 못했으니까.

"무리하지 말고 조심해서 해라."

서로가 떡볶이 국물이 묻은 입술을 냅킨으로 닦으며 말한다. 그러지 않아도 아까부터 서로에게 냅킨을 건네줄까 말까 망설이던 참이었다. 서로는 뭔가를 먹을 때마다 꼭 그 흔적을 제 몸 어딘가에 남긴다.

"알아서 한다."

자기를 쳐다보지도 않고 조심하라느니 어쩌니 잔소리하는 서로를, 남궁결이 빤히 쳐다보며 대꾸한다. 서로는 여전히 남궁결에게 시선을 주지 않은 채 말을 잇는다.

"아저씨 페이스에 휘둘리지 말라고. 그러다가…….."

"허허. 형이 알아서 잘한다니까."

부드럽게 코웃음 치는 서로를 따라 나도 속으로 몰래 웃는다. 남궁결은 허세가 좀 있는 것 같다. 친구 사이에 형은 무슨. 만약 서로를 낮잡아 보는 거라면 가만 안 둘 생각으로 남궁결을 슬쩍 노려보는데, 그 순간 고개를 돌린 남궁결과 시선이 겹쳐 버리는 바람에 화들짝 놀라 급히 시선을 떨군다.

"맞다. 너네 오늘 강연은 어땠어?"

때마침 로라가 화제를 바꿨길래 망정이지, 훔쳐보다 걸린 것 같은 이상한 기분에 빠져서 나 혼자 가시방석에 앉은 듯이 어색해할 뻔했다.

"1부는 아예 놓친 데다가 서로랑 뒤에서 떠드느라 제대로 듣지도 못했어."

나는 냉큼 화제 전환에 편승한다. 그러자 남궁결이 심통을 부리듯 서로의 어깨에 기대며 말한다.

"그거, 게임 관련 강연? 뭐야. 그렇게 들을 거면 왜 갔냐. 꼭 들어야 하는 강연이라 낮에는 나랑 못 만난다고 하더니."

오랜만에 한국에 들어온 친구도 안 만나고 들으려 했던 강연이었다니. 이러면 내가 더 미안해지잖아, 호서로. 나는 다급히 서로를 대신해 나선다.

"아, 그게 내가 강연에 늦는 바람에…….."

우물쭈물 제대로 말도 끝맺지 못하는 나를, 남궁결이 또 그 표정으로 바라본다. '흠' 또는 '흐음' 하는 표정으로.

"아냐, 그렇게 늦지도 않았어. 강연도 생각보다 별로였고."

이번엔 서로가 나를 위해 나선다. 그러자 남궁결이 나를 보던 표정으로 서로를 쳐다본다. 서로는 남궁결이 자신을 어떻게 쳐다보든 신경 쓰이지 않는다는 듯이 나를 보며 말한다.

"내일모레 강연 제대로 들으면 되지, 뭐."

"또 강연이 있다고? 호서로, 이러기야? 난 너밖에 없는데……."

남궁결처럼 덩치가 산만 한 애가 앙탈을 부리니 우습기 짝이 없다. 로라가 킥킥대며 남궁결을 달랜다.

"걱정하지 마. 이제 내가 있잖아."

"정말? 나랑 놀아 준다고?"

"그럼, 우린 이제 친구잖아."

로라는 친구가 너무 많다. 이름만 주고받으면 다 친구라 하니 많을 수밖에 없다.

"좀 감동인데."

남궁결은 쉽게 감동하는 타입인가 보다. 아니면 곧잘 과장하는 타입이겠지. 이렇게 남궁결에 대한 새로운 데이터가 쌓인다. 사전 정보가 적은 편이 아닌데도 남궁결을 파악하기 위해선 앞으로 더 많은 정보를 얻기 위해 노력해야 할 것 같다. 직접 만나고 보니 의외의 구석들이 꽤 눈에 띄는지라…….

"뭐 하고 싶은 거 있어? 운동 말고."

로라가 눈을 찡긋하며 묻는다.

"글쎄……."

"생각나면 말해."

벌써 놀거리 생각으로 머릿속이 바쁜 듯, 남궁결이 골똘한 표정으로 팔짱을 끼고 의자 등받이에 몸을 기댄다. 그때 떡볶이를 우물거리던 서로가 내 안경을 가리키더니 태연하게 손짓한다.

"또 삐뚤어졌다. 이리 줘."

"어? 어……."

주섬주섬 가방에서 플라스틱 통을 꺼내는 서로를 다들 의아한 눈빛으로 쳐다본다. 늘상 있는 일인데 나는 왜 갑자기 뚝딱대는지……. 지금 자연스럽게 행동하고 있는 사람은 호서로밖에 없다.

"뭐 하냐, 너."

남궁결이 호기심 반, 핀잔 반인 말투로 묻지만 서로는 듣는 둥 마는 둥 한다.

"아, 그게 내 안경다리가 자주 헐거워져서……."

왜 또 내가 서로를 대신해 나선 거지? 나는 플라스틱 통에서 가느다란 드라이버를 꺼내 안경다리를 고정하는 나사를 단단히 조이는 데 집중하는 서로의 얼굴에서 시선을 거두고 남궁결을 쳐다본다. 아무래도 남궁결의 저 표정이 신경에 거슬려서 그런 것 같다.

"와, 호서로 진짜 스윗하다. 그래서 맨날 드라이버를 들고 다닌다고?"
"아니, 뭐…… 친구끼리 그 정도는……."
테이블에 팔꿈치를 괴고 몸을 앞으로 기울이며 호기심을 보이는 로라를 향해 나는 또 쓸데없는 소리를 던지고 만다. 굳이 할 필요가 없는 말을, 하지 않아도 될 말을 자꾸만 한다. 서로는 아무렇지도 않아 보이는데 나 혼자 주책맞게 이게 뭐람. 그런데 그때 로라가 부드럽고 허스키한 목소리로 서로에게 속삭인다.
"친구? 친구한텐 다 그래? 그럼 나도 호서로랑 친구 하고 싶다."
서로의 속눈썹이 살짝 흔들린다. 아마 서로가 지금껏 이 상황을 편안해했던 이유는 나와 남궁결 때문이었을 거다. 서로에게 가장 편한 친구들이니까. 하지만 이젠 다르다. 서로가 로라를 인식하기 시작했다. 안경을 건네려고 고개를 든 서로의 얼굴에 자못 당황한 표정을 숨기려 애쓰는 기색이 역력하다. 당황한 것도, 애쓰는 것도 내 눈엔 다 보인다. 여태 남궁결에게 집중했던 로라의 관심이 돌연 방향을 바꾸어 자신에게 향했으니 어색하고 불편해졌겠지. 내가 남궁결을 의식하며 그렇게 느끼듯 말이다.
그때 남궁결이 팔짱을 끼고 의자 등받이에 몸을 기대며 가볍게 말한다.
"에이, 나랑 친구면 서로랑도 친구지."
"그런가? 그럼 결이 너랑 은송이도 오늘부터 친구네?"
친구가 많아져서 몹시 기쁘다는 듯 로라가 웃는다. 그 웃음을 따라 어색하게나마 나도 웃고 서로도 웃는다. 오직 남궁결만 웃음기 없이 나를 바라본다. 왜 아무도 저 시선을 알아채지 못하는 걸까. 로라도 서로도, 알면서도 모르는 척하는 것으로 보이진 않는다. 정말 부담스러워 미치겠네. 그치만 계속 피하고 싶진 않다. 잘 웃지 않는 걸로 치면 나도 꿀릴 건 없다. 나는 웃음기를 싹 거두고 남궁결의 시선을 정면으로 맞받는다. 그러자 남궁결이 흥미롭다는 듯 눈썹을 치켜올리며 중얼거린다.

"나, 생각났어."

"뭐가?"

로라가 묻자 남궁결은 그제야 피식 웃으며 대답한다.

"하고 싶은 거."

나는 서로가 건네준 안경을 끼며 남궁결의 말을 못 들은 척한다. 설마 그럴 리 없겠지만 행여라도 나와 관련 있는 일은 아니었으면 좋겠다는 생각이 마음 한구석에 움튼다.

3

12 30
짝사랑

"방학이라 그런가? 요즘 매일 출근 도장 찍네."

오늘 아침도 어김없이 체육관 문을 열고 들어서는 날 보며 티제이 삼촌이 웃는다. 아빠가 새벽에 출근하기 전에 차려 놓은 샐러드를 먹으며 웹 서핑을 한 뒤 설거지하고 청소기를 돌리고 샤워 후에 머리까지 말리고 나면 이상하게 꼭 체육관을 둘러보고 싶어진다. 환기는 잘 시켰는지, 실내 온도나 습도는 적당한지, 이상한 음악을 틀어 놓진 않았는지 확인해 보고 싶다.

"자기가 아주 사장이야, 사장. 매일 올 거면 운동이라도 하든가. 요거요거, 그냥 잔소리하고 싶어서 왔지."

몸을 푸는 회원들과 담소를 나누던 아빠가 투덜대며 다가온다. 나는 아빠의 말을 한 귀로 흘리며 지적할 거리를 찾는다.

"오늘 음악이 좀 시끄러운데?"

"아침엔 좀 파이팅 넘치게, 응? 이런 음악이 딱 맞지."

아빠가 억울하다는 표정을 지으며 마침 물을 마시려고 옆을 지나가던 회원을 향해 묻는다.

"하나도 안 시끄럽죠, 회원님?"

단골 회원이 긍정의 의미로 보이는 미소를 지으며 고개를 끄덕인다. 분위기에 맞춰 적당히 반응해 준 것 같지만 아빠는 제법 만족스러운 표정을 하고서 내게 묻는다.

"우리 사장님, 아침 시찰 도셨으니 이제 오늘 일정은 어찌 되시는지요?"

"이따 강연 있어. 서로랑 만나서 같이 들을 거야."

"너넨 방학인데 무슨 강연을 그렇게 많이 들으러 다니냐."

"방학이니까 들으러 다니는 거지. 시간이 나서."

그때 티제이 삼촌이 히죽 웃으며 끼어든다.

"같이 강연 듣는 친구랑 데이트할 겸 만나는 거 아니에요?"

"아, 무슨."

나는 헛소리 사절이라는 의미로 티제이 삼촌을 흘겨본다.

"서로? 호서로랑 우리 은송이가? 얘네 둘이 무슨……. 어릴 적부터 소꿉친구인데."

아빠가 너털웃음을 지으며 손을 내젓자 티제이 삼촌이 한층 더 짓궂은 표정을 짓는다.

"에이, 그런 게 어딨어요. 이성 사이에 친구는 무슨 친구예요."

뭐야, 왜 저래. 갑자기 확 짜증이 나서, 나도 모르게 퉁명스러운 목소리가 튀어나온다.

"그럼 삼촌은 여자랑은 절대로 친구 안 해요?"

"당연하지."

"진짜로?"

"그렇다니까."

"그럼 앤지 이모는요?"

"……어?"

흥. 그러게 왜 그리 단언을 해요. 앤지 이모처럼 그렇게 장단이 잘 맞는 친구를 두고서. 벙벙한 표정으로 아무 대꾸도 하지 못하는 티제이 삼촌의 모습을 혼자 보고 있자니 아쉬운 기분마저 든다. 앤지 이모도 봤어야 하는데. 그럼 티제이 삼촌을 실컷 놀려 줬을 텐데. 앤지 이모라면 상대가 지긋지긋해할 때까지 놀리고도 남을 사람이니까. 그치만 나라면……. 만약 서로가 여자와 남자는 친구가 될 수 없다고, 자기는 우정을 나누는 이성 친구가 한 명도 없다고 한다면 나는 무척 서운해질 것이다. 너무 서운해서 놀릴 생각도 안 들 것 같다. 물론 서로가 그럴 리 없지만.

"앤지? 앤지는 티제이한테 친한 누나이자 직장 동료지."

아빠가 눈치 없이 나서고, 삼촌은 말없이 빙긋 웃는다. 나는 실눈을 뜨고 가만히 아빠를 쳐다본다. 번듯한 이목구비가 실없는 웃음에 이리저리 실긋거린다.

"아빠가 지금 그렇게 웃을 때가 아닐 텐데."

내가 꿍얼대자 아빠는 영문을 모르겠다는 듯 눈을 동그랗게 뜬다. 하지만 아무리 의아해하는 얼굴로 날 쳐다봐도 내가 말해 줄 수 있는 건 없다. 자기 앞가림은 자기가 해야지.

아빠가 앞가림하길 기다리는 동안 내 속은 터지겠지만.

처음부터 덕희 아줌마가 내 엄마가 되었으면 좋겠다고 생각했던 건 아니다. 내 안에 선명하게 살아 있는 엄마의 이미지를 대체할 수 있는 사람은 이 세상에 없으니까.

엄마는 내가 다섯 살 때 사고로 세상을 떠났다. 그러니 나는 고작 어린 시절 다섯 해의 추억을 가지고 있을 뿐이다. 그런데 이상하지. 어떤 기억은 애초에 희미하기 때문에 시간이 지날수록 선명해진다. 이를테면 고개를 숙여 내게 뽀뽀해 줄 때마다 내 얼굴을 스치던 엄마 머리카락의 간질간질한 감촉 같은 것. 내 입가에 묻은 아이스크림을 닦아 주던 엄마의 보드라운 손길 같은 것. 그때 불어오던 선풍기 바람이 엄마의 웃음소리를 사방으로 흩어 놓던 것. 그런 기억들. 나는 무려 12년 동안 기억 속 엄마의 존재를 내 안에서 키워 왔다. 엄마가 남긴 사진과 영상들을 반복해서 보고, 엄마에 대한 이야기를 듣고 또 듣고. 그럴수록 기억의 원형은 밀도를 높이며 그 몸집을 불렸다.

로라도 마찬가지다. 내가 내 기억에 생명력을 부여했다면 로라는 자신이 만든 이야기에 숨을 불어넣었다. 로라는 자기 아빠가 누구인지 모른다. 덕희 아줌마는 언제든 로라가 원하면 말해 주겠다고 했지만 로라는 아빠에 대해 묻는 대신 다른 방법을 택했다. 바로 자기만의 아빠를 상상해 내는 것이다. 로라의 아빠는 지적이고, 정장이 잘 어울리며, 피부가 하얗고, 호리호리하다. 4개 국어에 능하고, 어떤 대단한 조직의 수장이다. 갈수록 디테일이 더해지긴 하지만, 기본적인 설정만큼은 다섯 살 때 만든 그대로이다. 서울 변두리 지역에서 체육관을 운영하고, 마흔일곱 살에 혼자서 딸을 키우고, 까무잡잡한 피부에 화려한 트레이닝복을 즐겨 입으며, 1년에 책 한 권 읽을까 말까 하는 독서량을 자랑하는 도도안 씨와는 달라도 너무 다르니, 아빠가 로라 마음에 찰 리 없다.

다만 우리는 예감했을 뿐이다. 언젠가는 우리 넷이 가족이 되리라는 것을. 그 어떤 일보다 자연스럽게 그리 되리라는 것을. 하여 우리는 각자 마음속 불멸의 존재들을 그대로 껴안은 채 서로를 위한 자리를 마련해 두었다. 로라와 나는, 마음의 준비가 끝났다.

문제는 아빠와 덕희 아줌마가 언제 이걸 깨닫느냐이다.

생각보다 큰 강연장에 들어서며 살짝 어깨를 옴츠린다. 바깥의 냉기 탓에 몸이 살짝 떨린다. 강연장이 더울까 봐 얇은 양말을 신었더니 발도 꽤 시리다. 좀처럼 가시지 않는 한기에 패딩을 벗을 생각도 못 하고 휘휘 강연장을 둘러본다. 역시 큐비트 AI는 스케일이 다르네. 웬만한 공연도 너끈히 감당할 수 있을 법한 커다란 무대 위에 똑같은 티셔츠를 입은 사람들이 분주히 움직이고 있다. 회사 로고가 새겨진 파란색 티셔츠. 큐비트 AI의 대표가 프레젠테이션을 할 때마다 입는 옷이다. 나도 언젠가는 입을 수 있을까 하는 생각을 하니 괜스레 마음이 설렌다.

"은송아!"

강연장 뒤쪽에서 익숙한 목소리가 들린다. 지나치게 익숙해서 놀라지 않을 수 없는 목소리다. 이곳에서 들으리라 예상하지 못했던 목소리니까.

"놀랐지?"

오늘 강연장에서 만나기로 한 사람은 호서로밖에 없는데. 팔랑팔랑 손을 흔들며 잰걸음으로 다가오는 로라의 모습에 한 번 놀라고 그 뒤 경호원처럼 따라붙은 남궁결을 발견하고는 두 번 놀란다.

"남궁결이 하고 싶은 게 이거라잖아. 자기도 꼭 이 강연 들어 보고 싶다고 해서 현장에서 입장권 구하려고 아침 댓바람부터 줄 섰다니까."

로라의 말에 남궁결이 어이가 없다는 듯 웃는다.

"로라, 넌 엄청 늦었잖아. 줄은 나랑 서로가 다 섰는데."

"그러게. 근데 나 왜 이렇게 다리가 아프지?"

로라도 샐쭉이 따라 웃는다. 둘은 저번보다 한층 더 친해진 느낌이다.

"아무튼 은송이 넌 서로가 예매해 줬으니 얼마나 좋아. 서로가 우리 줄 서는 거 네가 알면 분명 너도 일찍 나오려 들 거라고 말하지 말라고까지 하더라고. 은송이 너 좀 더 자게 두라고."

"아…… 그랬어? 근데 서로는?"

예매는 예매대로 다 해 놓고 이 추운 날 새벽부터 줄을 서다니. 호서로도 참.

"아, 팸플릿 챙긴다고 저기 안내 데스크에 다녀온댔어."

또 팸플릿 가지러 갔구나. 우리 둘이 강연을 들을 때에도 팸플릿을 챙기는 일은 항상 서로의 몫이었다. 나는 로라가 가리킨 방향으로 시선을 옮긴다. 이른 시간부터 고생했을 텐데, 서로가 나타나면 있는 힘껏 손 흔들어 반겨 줘야지. 그런데 그만, 고개를 돌리다가 핼끗 나를 쳐다보던 남궁결과 시선이 부딪치고 만다.

"오늘 좀 들떠 보인다?"

"아, 그게……."

갑작스러운 상태 체크에 무어라 대답해야 할지 몰라 주저하고 있을 때 로라가 끼어든다.

"은송이가 이 회사 찐팬이거든."

"아, 그래?"

남궁결은 로라를 쳐다보지도 않고 나를 빤히 쳐다본다. 마치 내게서 대답을 듣고 싶다는 듯이 말이다. 그렇다면 말해 주지. 호서로의 친구라면 어차피 나도 친해져야 할 터, 언제까지 낯가리고 쭈뼛댈 순 없다. 나는 눈싸움으로 승리를 거머쥐었던 과거의 기세를 되돌려 또박또박 내 생각을 전한다.

"팬이기도 한데, 내가 추구하는 거랑 큐비트 AI에서 추구하는 게 비슷해 보여서 그래. 나도 꼭 하고 싶은 프로젝트가 있어서."

"호오……."

기분 탓일까. 남궁결의 얼굴에서 '흠' 또는 '흐음' 하는 표정이 홀연 자취를 감춘 것 같다.

"꿈꾸는 게 있어서 좋겠다."

"왜, 너도 있잖아."

"아냐, 난 그냥……."

"그리고 없으면 어때. 꿈을 장착하고 태어나는 사람이 있는 것도 아니고. 꿈이 없는 시간이 있어야 꿈을 찾는 시간도 겪고 그러는 거 아닐까?"

"정말 그렇게 생각해?"

남궁결의 얼굴이 환해진다. 그 환함이 내 마음까지 밝게 만든다. 내 대답이 좀 멋있었나 봐. 나는 뿌듯한 마음으로 힘주어 고개를 끄덕인다.

그때 로라가 저편을 향해 씩씩하게 손을 흔든다.

"저기, 서로 오네."

조용조용히 걸어오는 서로를, 로라가 두 팔 벌려 반긴다.

"팸플릿 대기 줄이 꽤 길던데, 빨리 왔네?"

"어…… 생각보다 빨리 줄어들더라."

냉기와 온기가 번갈아 지나간 흔적이 서로의 콧등에 분홍빛으로 남아 있다.

"고마워, 고마워."

서로의 손에 들린 네 개의 팸플릿 중 하나를 낚아채며 눈을 찡긋하는 로라를 보고, 서로는 어떻게 반응해야 할지 통 모르겠다는 듯한 얼굴을 하고서 도움을 구하듯 나를 쳐다본다. 아침나절 같이 있었다면서, 너도 슬슬 적응해야지. 나는 피식 웃으며 서로가 건네는 팸플릿을 향해 손을 뻗는다. 그런데 그 순간 결의 투박한 움직임이 내 어깨를 스친다. 결은 서로가 내게 내민 팸플릿을 가로채며 장난스럽게 말한다.

"어이 브로, 나도 땡큐."

"땡큐는 무슨."

서로가 어깨를 으쓱해 보인다. 그저 몸에 익은 배려일 뿐이니 유난스럽게 굴지 말라는 듯하다. 나는 그런 서로의 태도를 눈여겨본다. 살짝 퉁명스럽고 조금은 무심한 말투와 몸짓. 확실히 나를 대할 때와는 다른 모습이다.

"서로는 되게 자상한 거 같아."

로라의 칭찬이 물 흐르듯 매끄럽게 서로를 향한다.

"로라 너도 초등학교 때부터 서로랑 알고 지냈다면서, 아무리 친하진 않았더라도 그걸 이제 알았어?"

남궁결이 건들거리며 서로에게 어깨동무를 한다. 말이 어깨동무지, 자기 팔을 서로의 어깨에 떡하니 얹어 놓은 거나 다름없는데, 그러거나 말거나 시큰둥해하는 서로의 표정이 재미있다. 그런 모습을 재미있어하는 사람이 나뿐만은 아닌지, 로라의 얼굴에도 옅은 미소가 어린다.

"그러게. 왜 그동안 몰랐을까."

로라가 중얼거린다.

"뭐, 이제부터 알아가면 되지."

남궁결이 나를 쓱 쳐다보며 말한다. 누구에게 하는 말일까. 분명 의미심장하게 들리는데 당최 그 심장한 의미가 무엇인지 알 수 없는 말. 아무래도 남궁결을 알아가는 건 골치 아픈 일이 될 것 같다.

"무슨 생각을 그렇게 해?"

아파트 단지에 들어서 우리 동 입구에 다다랐을 즈음 로라가 묻는다.

"너 또 미국 가는 상상했지? 나 빼놓고."

강연에서 받은 벅찬 감동을 되새김질하다 보면 자연스레 미래의 내 모습을 그려 보게 되기 마련이다. 큐비트 AI에서 내 이름을 건 프로젝트를 만들어 성공시키는 상상만큼 흐뭇한 상상이 또 어디 있으랴.

"아까 강연 끝나고도 서로랑 둘이서만 아는 얘기로 실컷 떠들고.

미국이 그렇게 좋아?"

그렇잖아도 너무 서로하고만 얘기했나 싶어서 찜찜했는데. 근데 뭐 나도 할 말은 있다. 애초에 이 강연은 서로와 나를 위한 강연이었다는 거. 게다가 마침 내가 관심 있어 하는 AI 통역 분야에 대한 질의응답 시간까지 있었으니 흥분을 하지 않으려야 않을 수가 없었다.

"미국이 좋은 게 아니라 거기 가서 하고 싶은 일이 있어서 그러지."

내가 AI 통역 기술에 관심을 쏟는 이유는 통역의 의미를 내 나름대로 확장시켜 생각하기 때문이다. 서로 간에 뜻이 통하도록 하는 일. 마치 내가 타인과 쉽게 어울리지 못하면 언제고 로라가 선뜻 나서 주는 것처럼. 나도 누군가에게 그렇게 도움이 되고 싶다.

"그리고 왜 널 빼놓는다고 생각해? 로라 너도 같이 가면 되지."

내가 혼자 딴생각하거나 코딩하느라 골몰해 있을 때, 로라가 날 방해하는 경우는 거의 없다. 물론 나도 로라가 웹 소설이나 웹툰을 정주행할 때는 절대로, 절대로 건드리지 않는다. 이건 우리가 서로를 양해해 주는 방식이다. 서로를 아주 잘 알기 때문에 해 줄 수 있는 양해인 것이다.

아무튼 오늘 돌아오는 지하철과 마을버스 안에서 로라는 묵언 수행을 해야 했을 것이다. 한마디도 안 하고 생각에 빠져 있는 나를 양해하느라고.

"어휴, 알잖아. 나 수학 다음으로 영어 싫어하는 거."

로라가 고개를 절레절레 젓는다. 로라는 늘 이렇게 아름다운 한글을 놔두고 왜 미국에 가서 영어를 쓰며 살아야 하는지 모르겠다며 투덜댄다.

"내가 AI 통역 프로젝트 꼭 성공시켜서 어디를 가든 우리말만 써도 불편한 거 없게 만들어 줄게."

농조와 과장으로 포장하긴 했지만 이건 내 진심이다. 로라 역시 다정한 미소를 장난스러운 표정으로 덮으며 맞장구친다.

"진짜지? 그럼 내가 한 번 놀러는 가 줄게. 나 재워 주고 가이드도 해 줄 거지?"

"당연하지."

곧장 대답을 하긴 했지만 사실 그런 우리의 모습이 머릿속에 잘 그려지진 않는다. 내 꿈을 이룬다면 로라와 멀리 떨어져 지내게 되는 게 기정사실인데도 아직 한 번도 제대로 상상해 본 적이 없다. 상상을 시도할 때마다 내 뇌가 작동을 거부하는 것 같다.

"근데 서로랑 결이 말이야. 결이가 열 살 때 캐나다에 갔으니 7년이나 떨어져 지낸 건데, 지금도 그렇게 친한 거 보면 걔네도 우리만큼이나 대단해. 그치?"

"우리가 뭐가 대단한데?"

나도 모르게 입술 사이로 웃음이 흘러나온다.

"걔네 자꾸 브로 브로 하는데, 우린 진짜 시스터가 될 거잖아."

로라가 천천히 눈을 깜빡인다. 눈을 감았다 뜰 때마다 오후 햇살이 더욱 그윽하게 로라의 눈동자를 물들인다.

"어느 세월에…… 답답해 죽겠구먼."

"그건 그래. 엄마도 아저씨도, 둘 다 뭉그적대고 아닌 척하고, 보고 있으면 아주 환장해."

손가락으로 목덜미를 쓰다듬으며 한숨을 폭 내쉬고 나서, 로라가 말을 잇는다.

"난 아무래도 아빠를 닮았나 봐. 엄마처럼 새치미 떼면서 밀당할 자신 없어. 좋아하면 좋아한다고 표현을 해야지."

로라의 상상 속 아빠는 솔직하고 거침없는 사람인가 보다. 그렇다면 로라는 아빠를 닮았을 공산이 크다. 어떨 때 보면 덕희 아줌마 판박이처럼 보이기도 하지만. 그때 로라가 내 어디가 엄마와 닮았냐고 항변이라도 하듯 덕희 아줌마와는 사뭇 다른 얼굴을 하고서 내 눈을 들여다본다.

"그래서 말인데……."

금방이라도 막힘없이 속내를 내보일 듯한 표정이다.

"은쏭쏭, 나한테 솔직히 말해 봐."

"뭘?"

"혹시 서로한테 마음 있니?"

"뭐어?"

목소리가 커지고 말끝이 늘어진다.

"남자 사람 친구 말고 남자 친구로서 말이야. 호서로, 어떤 거 같아?"

"어떻긴 뭐가."

서로와 나 사이를 훤히 알고 있는 로라의 입에서 나올 거라고는 생각도 못 했던 말이라 내심 당황하고 만다. 티제이 삼촌이 데이트 어쩌고저쩌고할 때보다 더 당황스럽다.

"한 번도 생각해 본 적 없어? 남자 친구로?"

"응."

나는 짐짓 태연하게 대답한다.

"그럼 가능성 제로라고?"

"어."

"진짜지?"

나는 쾅쾅 도장을 찍듯 단호하게 고개를 끄덕인다. 그럴 리가 없잖아, 그럴 리가. 내가 호서로를 좋아할 리 없잖아. 아니, 좋아하긴 하지만 그런 식으로 좋아하는 건 아니잖아. 남자 친구라니, 말도 안 돼. 내 결연한 뜻이 로라에게 잘 전달되었길 바라며 로라의 반응을 기다린다.

"좋았어, 그럼."

로라의 입꼬리가 살짝 떨린다. 그러곤 뭔가 대단히 흡족하다는 듯 획 몸을 돌려 엘리베이터로 향한다. 나는 멀뚱히 서 있다가 로라의 뒤를 따른다. 어쨌든 뜬금없는 로라의 질문에 침착하게 잘 대응한 거 같으니 일단은 나도 흡족해하기로 한다.

그런데…… 뭐가 좋다는 거지? '좋았어, 그럼'은 도대체 무슨 뜻이지? 모르긴 몰라도 내 입에서 로라가 바라는 대답이 나온 건 분명해 보인다.

― 나 짝사랑할 상대 정했어.
― 벌써? 누군데? 누구누구?

집에 도착해 씻고 나오니 대화창에 메시지와 이모티콘이 잔뜩 올라와 있다. 로라가 보낸 첫 메시지 옆에 뜬 시각을 보니 아마 집에 들어가자마자 냉큼 대화창부터 열었나 보다. 그럴 거면 아까 둘이 있을 때 얘기하지, 왜? 나는 눈을 게슴츠레하게 뜨고 장반지가 올린 이모티콘들을 손가락으로 쓱쓱 넘겨 버린다.

― 앗, 은송이 왔다.

메시지 옆 숫자 1이 사라진 걸 보고 로라가 바로 반응한다.

― 은송이 왔으니까 이제 얘기해 줘. 누구야 누구? 궁금해 죽겠어.

그래도 내가 메시지를 확인할 때까지 더 말하지 않고 기다렸나 보다. 하긴 만약 장반지한테 먼저 얘기해 버렸다면 적잖이 서운했을 거다.

― 은쏭쏭! 내가 짝사랑하기로 맘먹은 사람 누군지 알면 깜짝 놀랄걸?

나는 잠시 망설인다. 뭐라고 답신을 보내야 할까. 장반지처럼 상대가 누구인지 알고 싶어 미쳐 버리겠다는 듯이 굴어야 하나? 사실 난 로라가 앞으로 짝사랑만 할 거라는 말을 그다지 진지하게 듣지 않았다. 어쩌면 그 말이 달갑지 않았는지도 모른다. 연애를 안 하면 안 하는 거지, 짝사랑만 하겠다는 '다짐'을 하고 누군가를 짝사랑할 '결심'까지 한다는 게 너무 이상하지 않은가. 그건 외려 로라의 연애 중지 선언에 대한 신뢰도를 깎아 먹는 말 같았다.

— 궁금하지?

— 응.

— 누구일 거 같아?

— 전혀 모르겠는데.

혹시 남궁결인가? 그럴 수도 있겠다. 워낙 사람들과 빨리 친해지는 성격이긴 하지만 그런 것치고도 남궁결과는 유독 빨리 친해졌으니. 가만 보면 둘이 꽤 잘 어울리는 듯도 하다. 남궁결도 첫인상과는 다르게 유들유들한 구석이 있어 로라에게 잘 맞춰 줄 수 있을 것 같고. 무엇보다 서로의 브로이니 안심이 된다. 서로가 마음을 준 친구라면 나쁜 녀석은 아닐 테니까. 사람을 쳐다볼 때 그 특유의 눈빛이 마음에 걸리긴 하지만…….

— 으아. 도대체 누구야. 천하의 오로라가 짝사랑하겠다는 상대가.

장반지의 메시지에 정신이 번쩍 든다. 맞다, 이건 연애가 아니라 짝사랑이지. 둘이 어울리는지 안 어울리는지, 그건 중요하지 않다. 로라의 결정이 중요할 뿐. 근데 막상 로라가 남궁결을 짝사랑한다고 상상하니 뭔가 손해 본 듯도 하고 속이 개운치 않다. 장반지 말대로

천하의 오로라인데, 밑지다 못해 시작부터 지고 들어가는 느낌이다. 짝사랑이라는 게 원래 이런 걸까?

― 두구두구두구.

장반지가 이모티콘을 마구 쏘아 댄다. 이젠 반쯤 체념한 상태로 장반지의 이모티콘을 흘려 본다. 저항 따윈 무의미하다. 알아서 때가 되면 멈출 것이다.

― 내가 짝사랑할 상대는……

장반지의 장단에 맞춰 로라가 뜸을 들인다. 어쩌면 로라는 이런 반응을 기대하고서 장반지를 대화창에 초대했는지도 모른다. 나는 누구보다 귀 기울여 로라의 말을 들을 자신이 있지만 장반지처럼 수선스럽게 호들갑을 떨 자신은 없다. 게다가 난 로라의 입에서 어떤 이름이 나와도 흔들림 없이 못마땅해할 것이 분명하다. 상대가 누구라 한들 로라의 외쪽사랑을 받기엔 턱없이 모자라 보일 테니까.

그때 로라가 이름 석 자를 올린다.

익숙한 이름이다.

4

12 31
＊거짓말의 시작＊

"서로, 좋아해도 되지?"

로라가 물었다.

"되지, 그럼."

내가 대답했다.

아무래도 어딘가 고장 나 버린 것 같다. 일찌감치 잠이 깨고도 침대에서 꼼짝할 수가 없다. 안경이 놓인 침대 머리맡으로 손을 뻗기도 귀찮다. 당연히 핸드폰 화면을 켤 힘도 없다. 멍하니 천장에 붙어 있는 형광 스티커만 바라본다. 어릴 적 아빠가 붙여 준 별들. 이젠 모두 빛바래 버렸지만 예전엔 지금 같지 않았다. 불을 꺼도 하나도 무섭지 않을 정도로 참 밝았다.

침대에 누워 별을 보고 있노라면 어디선가 엄마가 날 지켜보고 있는 듯한 기분이 들었다. 그래서 그중 가장 큰 별에 이름도 지어 주었다. 마치 커다란 망원경으로 하염없이 우주를 관찰하다가 아무도 찾지 못했던 별 하나를 발견하고는 이름을 지어 주는 과학자처럼, 나도 내 별에 이름을 붙였다. 저 별은 엄마별이야. 다섯 살의 어느 밤 작은 침대를 밝히는 별 모양 스티커를 엄마별이라고 명명하던 그 순간, 내 옆엔 로라가 있었다. 별빛을 받으며 속닥거리던 그 모든 시간 안에 로라가 있었다. 엄마별을 애틋하게 바라보는 시간이 점점 줄어만 가고 엄마별이 예전처럼 밝게 빛나지 않아도 로라는 언제나 내가 아는 로라 그대로였는데. 키가 자라고 이목구비가 변하고 신발 사이즈가 커지고 헤어스타일이 바뀌어도 단 한 번도 로라가 내가 모르는 로라가 되어 버렸다는 생각은 해 본 적이 없었다. 어제까지는 정말 그랬다.

"도은송! 아빠 늦어서 아침 준비 못 했으니까 오늘은 시리얼 먹어!"

방문 밖 분주한 기척과 함께 아빠 목소리가 들려온다. 대답할 기운도 없지만 억지로 목소리를 쥐어짜 알았다고 한다. 심상찮은 기운을 느낀 아빠가 노크를 하고 빼꼼히 문을 연다.

"왜 이렇게 힘이 없어. 어디 아파?"

나는 별일 없다는 듯, 귀찮으니 내버려 두라는 뉘앙스로 손을 내젓는다.

"에구, 저녁에 맛있는 거 먹어야겠네. 아빠가 잔뜩 장 봐 올게."

매년 12월 31일엔 상다리가 부러질 정도로 맛있는 음식을 가득 차려 놓고 마음껏 먹고 마시며 놀다가 티브이로 보신각 종소리를 듣는다. 로라와 덕희 아줌마는 초대하지 않아도 알아서 찾아오는 손님들이고. 두 사람 다 음식엔 거의 손도 대지 않고 자기 집인 양 뒹굴거리며 떠들다가 자정이 훌쩍 지나야 비로소 돌아간다. 다섯 살 때부터 해마다 그랬다.

"입맛 없어."

"웬일이야. 입맛이 다 없고. 진짜 어디 아픈 거 아니야?"

"아니라니까."

아빠가 혀를 차며 집을 나서는 소리가 들린다. 나는 베개에 얼굴을 묻고 신음을 낸다. 저녁에 로라를 마주하고 어떤 표정을 지어 보여야 하지? 혹시나 로라가 서로 얘기를 꺼내면 어떻게 반응해야 하지? 그야말로 잘 모르는 것투성이다. 버그가 발생했는데 얼마나 심각한 버그인지 어떻게 수정해야 할지 알 수 없는 상태랄까. 어쩌다 이렇게 아무것도 모르는 상태가 되어 버렸지? 그것조차 모르겠다. 머릿속 윙윙거리는 소음을 뾰족이 뚫고 나온, 어제 로라가 던진 질문만이 줄곧 날카로이 귓전을 때릴 뿐.

"서로, 좋아해도 되지?"

어떻게 대답해야 했을까. 아마 가장 진심에 가까운 대답은 잘 모르겠다고 말하는 거였겠지. 나는 그 대신 이렇게 말해 버렸다. 되지,

그럼.

그때 드르륵 내 마음을 흔들 듯 협탁 위 핸드폰이 짧게 진동한다. 지금은 무엇도 반갑지 않아. 한참을 뒤척이다 겨우 힘을 내 핸드폰을 집어 든다.

─ 은송아, 이따 떡볶이 먹을래? 나 지금 결이한테 끌려와서 너희 체육관이야.

서로의 메시지다. 간다고 해야 하나. 안 간다고 해야 하나. 메시지를 썼다 지웠다 한다. 열 번쯤 망설이다가 마침내 전송 버튼을 누른다.

─ 잘 모르겠어.

때늦은 메시지를 엉뚱한 사람에게 보낸다.

"로라는? 로라 안 불렀어?"

"어? 나 로라 번호 모르는데."

서로가 오늘따라 천진한 얼굴로 보송하게 말린 앞머리를 툭툭 건드리며 말한다. 나는 바로 체육관을 휘둘러본다. 남궁결은 로라의 번호를 알고 있으니 연락하지 않았을까 생각하던 차에 막 탈의실을 나서는 남궁결과 눈이 마주친다.

"혹시…… 로라한테 연락했어?"

남궁결이 멀뚱멀뚱 나를 쳐다본다. 사실 나도 내가 남궁결에게 이런 질문을 한다는 게 이상하다는 생각은 든다.

"안 했는데."

"아……."

그걸 왜 나한테 물어? 남궁결의 표정이 그렇게 말하고 있다. 무안당한 것처럼 귓바퀴가 화끈거린다. 나오지 말 것을 그랬다. 대충 둘러대고 집에 있을걸. 도대체 무슨 생각으로 이 자리에 나온 걸까. 나 자신에게 화가 나려 한다. 흥미롭다는 듯이 내 낯빛의 변화를 살피는 남궁결 때문에 더욱더.

"로라도 시간 되면 오라고 해. 같이 먹자."

서로가 남궁결의 시선을 막고 슬라이딩하듯 부드럽게 끼어든다.

"뭘. 전에 보니까 떡볶이 안 좋아하는 거 같던데."

남궁결이 털썩 구석에 놓인 의자에 앉아 핸드폰을 꺼내 들며 무심하게 말한다. 아아, 로라가 저 녀석을 짝사랑하는 게 아니라서 얼마나 다행인가.

"아니야. 로라 떡볶이 좋아하는데."

이럴 땐 내가 로라의 대변자가 되어 나서는 수밖에 없다.

"하나도 안 먹던데?"

"그건…… 입이 짧아서 그래."

남궁결이 나를 한 번 힐끗 쳐다본다. 그리고 다시 핸드폰으로 시선을 돌리더니 말을 툭 뱉는다.

"넌 잘 먹더라."

쟤 지금 나 놀리는 거 맞지? 황당한 표정으로 서로를 쳐다본다. 자기가 뭔데 남들 먹는 거 하나하나 관찰하고 이러쿵저러쿵하는 거야.

"은송이는 다 잘 먹어. 편식도 안 하고."

서로가 빙그레 미소 지으며 특유의 온화한 말투로 말한다.

"어, 그래."

얼씨구. 이젠 또 그러거나 말거나 관심 없다는 듯한 태도다. 약이 확 오르는데 딱히 뭐라 쏘아붙일 말이 생각나지 않는다. 나도 모르게 또 서로를 쳐다본다. 서로라면 금방 내 맘을 다 알아채고는 토닥토닥 다독여 줄 테니까. 그런데 서로가 팔을 뻗어 내 어깨에 손을 가져다 대기 직전, 남궁결이 핸드폰을 들고 흔들며 말한다.

"오로라, 바로 나온다는데? 진짜 떡볶이를 좋아하긴 하나 보네."

메시지는 또 언제 보냈대. 덕분에 내가 연락할 필요는 없어졌지만. 곧 로라와 서로가 마주하는 자리에 함께할 생각을 하니 머릿속이 복잡해진다. 이럴 거면서 오자마자 왜 로라를 찾아 댄 거야, 나는.

"가자. 미리 자리 잡고 있지, 뭐."

자리에서 벌떡 일어난 남궁결이 내 앞으로 뚜벅뚜벅 다가온다. 나는 얼결에 패딩 점퍼 지퍼를 턱끝까지 올리고 휙 몸을 돌린다. 손에 들고 있던 외투를 챙겨 입으며 서로가 얼른 내 옆을 따른다. 그런데 그 순간 남궁결의 목소리가 머리 위로 날아들더니 내 어깨로 툭 하고 떨어져 내린다.

"오늘은 코트 안 입었네."

"뭐?"

못 들을 소리라도 들은 것처럼 움찟 고개를 돌린다.

"아니, 그 초록색 코트 안 입었길래. 잘 어울리던데."

"어, 뭐."

남이야 코트를 입든 패딩을 입든 무슨 상관이냐고 말이 튀어나올 뻔했는데 과민 반응처럼 보일 수도 있을 것 같아 대충 대꾸하고 화닥닥 문으로 향한다.

가만. 그런데 남궁결, 처음 체육관에서 나랑 마주친 거 기억 못 한다고 하지 않았나? 초록색 코트는 그날만 입었는데. 설마 거짓말을 한 걸까? 에이, 말도 안 돼. 나는 머리를 흔들며 더 생각하지 않기로 한다. 세상에 누가 그렇게 이상한 거짓말을 한다고.

"다음엔 운동할 때도 불러. 먹을 때만 부르지 말고."

로라가 오물오물 떡볶이를 먹으며 말한다. 벌써 떡도 두 개나 먹고 어묵도 먹고 순대도 먹었으니 평소에 비하면 꽤 과식한 셈이지만 한편으로는 그만큼 기분이 좋다는 뜻이기도 하다.

"운동도 별로 열심히 안 하더만."

아까부터 남궁결은 먹는 둥 마는 둥 하면서 팔짱을 끼었다가 턱을 괴었다가 하고 있다. 그런 남궁결을, 로라가 살짝 흘겨본다.

"한다는 데 의의가 있는 거지."

로라는 체력이나 운동 신경이 좋은 편은 아니지만 호기심도 많고 활달해서 이것저것 다 도전해 보는 편이다. 스키를 배울 때도 초중급 레

벨을 떼자마자 갑자기 보드를 타 봐야겠다며 냉큼 다른 클래스로 옮겨 가는 바람에 남은 수업은 나 혼자 들어야 했다. 덕희 아줌마는 로라가 뭐 하나 진득하게 한 적이 없다며 혀를 차곤 하지만 궁금한 건 꼭 해 봐야 직성이 풀리는 성격 덕분에 로라는 뭐든 다 조금씩은 할 줄 아는 재주꾼이 되었다.

"하긴 뭐, 아예 할 생각도 없는 것보다야 낫지."

남궁결이 나를 쳐다보며 빙긋 웃는다. '넌 잘 먹더라'에 이어 또 놀림조다. 내가 무어라 반박하려는 찰나 로라가 내 쪽으로 다정히 몸을 기울이며 말한다.

"우리 은송이 얘기하는 거야? 은송이 스키는 잘 타는데. 타기 싫어해서 그렇지."

"오, 뜻밖이네."

나는 남궁결의 웃는 낯을 마주하기 싫어서 슬쩍 고개를 비튼다. 하지만 남궁결의 시선이 계속 내 얼굴에 머물고 있음을 느끼지 않을 도리가 없다.

"너네는? 스키나 보드 타니?"

'너네는'이라고 물었지만 로라의 시선은 서로를 향해 고정되어 있다. 하지만 로라의 질문에 대한 대답은 남궁결의 입을 통해 나온다.

"어, 앤 스키. 난 보드."

"아, 서로는 스키 타는구나. 보드도 한번 타 보지."

로라가 아쉬움을 내비치자 서로가 겸손히 손을 내젓는다.

"난 그냥 어릴 때 한두 번 타 본 게 다야. 기억도 잘 안 나."

"에이, 그래도 몸이 기억하지. 보드도 금방 배울걸."

서로는 지금 로라가 무슨 마음인지 알까. 알 리가 없겠지. 근데 만약 로라의 마음을 알게 된다면? 그러면 서로의 마음도 움직이게 될까. 서로를 바라보는 로라의 눈이 그렇듯 서로의 눈에도 싱그러운 연둣빛 생기가 가득해질 거라 생각하니 기분이 이상해진다. 그렇게 망연히 서로에게 시선을 두고 있는데 문득 서로의 맨투맨 티에 묻은 떡볶이 국물이 눈에 띈다. 내가 말없이 휴지를 건네자 서로도 조용히 받아 들고 쓱쓱 얼룩을 닦아 낸다.

서로와 내 행동을 물끄러미 쳐다보던 남궁결이 팔꿈치를 테이블에 괴며 말한다.

"그나저나 의외다? 몸 움직이는 쪽은 영 관심 없을 줄 알았는데."

"그치? 반전 매력이지?"

로라가 내 볼을 콕 찌르며 말을 잇는다.

"원래 매력 중에 최고 매력이 반전 매력이잖아."

웬일로 남궁결이 진지한 표정으로 고개를 끄덕인다. 내가 스키를 잘 탄다는 게 그렇게나 의외로운 일인가. 나는 안경을 추어올리며 중얼거린다.

"잘 타는 건 아니야. 배운 대로만 하는 거지."

가르쳐 준 대로 탈 뿐, 그 이상으로 실력을 갈고닦을 의지는 전에도 없었고 지금도 없다.

"은송이가 그런 면으로 엄청 성실해. 끈기가 있어."

자랑스러운 표정으로 내 칭찬을 하는 로라를 보니 불쑥 미안한 감정이 싹튼다. 나는 왜 로라를 무조건 응원해 주지 못할까. 그냥 순수한 마음으로 로라의 짝사랑이 잘되길 바라 줄 순 없는 걸까. 게다가 상대가 호서로인데. 둘 다 내가 좋아하는 친구들인데. 둘 사이에서 사랑의 큐피드 역할을 하지는 못할망정……. 이런 내가 싫어서 양미간에 절로 주름이 생긴다. 한 번 더 안경을 치켜올리자 서로가 손을 내밀며 말한다.

"은송아, 안경 줘 봐."

서로의 다른 한 손은 벌써 가방을 뒤적이고 있다. 나는 서로가 가방에서 무엇을 꺼내려고 하는지 안다. 로라와 남궁결도 모를 리 없다. 오늘따라 그 점이 유독 신경 쓰인다. 특히 로라의 시선이 부담스럽다.

"아냐, 됐어."

내가 황급히 말한다.

"왜, 지금 살짝 삐뚤어졌는데."

"됐다니까."

"금방이면 되는데?"

서로가 영문을 모르겠다는 얼굴로 멀뚱거린다.

"됐다고. 나 안경 새로 살 거야."

나도 모르게 튀어나와 버린 퉁명스러운 목소리……. 내 무례함에 내가 놀라 말해 놓고 바로 후회한다. 상대의 상냥함에 기대어 제멋대로 구는 사람이 되어 버리고 말았다. 서로는 늘 하던 대로 내게 친절을 베풀었을 뿐인데.

"아, 지금 안경 잘 어울리는데. 그래, 뭐. 더 예쁘고 튼튼한 걸로 사는 게 낫겠다."

그런데 서로는 불쾌한 내색 하나 하지 않고 해사하게 웃기만 한다. 그런 서로의 얼굴이 유리창에 맺힌 물방울처럼 내 눈동자에 맺혀 버린다. 이래선 안 되는데. 서로한테도, 로라한테도 이래선 안 되는데.

떡볶이가 명치에 걸려 내려가지 않는다.

"이따 카운트다운할 때 전화할게."

헤어지기 직전 서로가 내게 한 말에 로라가 귀를 쫑긋하며 목소리를 높였다.

"그럼 우리 넷이서 통화할까? 다 같이 새해맞이 하자!"

로라의 말에 모두 홀린 듯이 고개를 끄덕였고, 나는 처음으로 혼자서 새해를 맞이하고 싶어졌다.

집에 오자마자 소화제를 삼키고 벌러덩 소파에 눕는다. 가슴을 두

드리면 속이 좀 시원해질까 싶어 주먹으로 탕탕거려 보지만 시원해지기는커녕 아프기만 하다. 인상을 찌푸리며 엎드려 눕는데 드륵드륵 바지 주머니 속에서 핸드폰이 울린다. 새로 온 메시지 1건. 발신인을 보고 고개가 갸우뚱해진다. 살다 보면 전혀 예상치 못한 일들이 예상치 못한 순간에 일어나곤 한다던데 바로 지금이 그러하다.

― 도은송, 나 너한테만 할 말이 있는데…….

장반지가 따로 대화창을 만들어서 나만 쏙 초대하다니, 무슨 얘기를 하려고 하는 건지 전혀 감이 잡히지 않는다.

― 무슨 말? 로라한테 비밀로 할 자신 없는데.

오늘은 머리가 아플 대로 아파서 장반지의 말까지 더해지면 그대로 펑 하고 터져 버릴지도 모른다. 장반지가 어떤 말을 하든 귀 기울여 줄 상태가 아니라는 말이다.

― 아…… 이건 꼭 로라한테 비밀로 해야 하는데.

― 그럼 안 들을래.

― 로라를 위한 일인데?

대화창을 나가려던 손이 멈칫한다. 오늘 느꼈던 감정들이 손끝으로 찌릿찌릿 모여든다. 이를테면 로라에 대한 묘한 죄책감이나 미안함 같은 감정들. 그러니까 로라를 위한 일이라는 말은 알면서도 걸려들 수밖에 없는 덫이나 다름없다. 오늘 같은 날은 더욱이.

― 곧 로라 생일이잖아. 1월 11일, 맞지?

― 어. 근데?

― 내가 봐 둔 작은 카페가 하나 있거든. 그날 거기 빌려서 깜짝 생일 파티 해 주면 어떨까 하고.

나는 가만히 장반지의 메시지를 곱씹는다. 그러고 보니 웬일로 이모티콘도 하나 안 올리네. 장반지의 상징 같은 이모티콘이 없으니 가뜩이나 어색한 둘만의 대화가 더욱 어색하게 느껴진다.

― 준비하는 데 드는 비용은 걱정하지 마. 내가 다 마련할 수 있어.

― 같이 준비하자는 거 아니야? 왜 네가 비용을 다 내?

― 은송이 넌 로라가 눈치채지 못하게 신경 써 주기만 하면 돼. 그냥 내가 다 준비하고 싶어서 그래. 나 아르바이트해서 모은 돈도 꽤 있고.

― 아르바이트?

― 어. 나 편의점에서 일하는 거 몰랐어? 너희 아파트에서 멀지 않은데.

― 전혀…… 몰랐는데. 로라는 알아?

― 그럼. 몇 번 놀러 온 적도 있는데.

그랬구나. 어쩌면 로라와 장반지는 내 생각보다 훨씬 돈독한 관계인지도 모르겠다. 하긴 장반지가 이렇게까지 마음을 써 주는데 로라가 마음을 열지 않을 이유가……. 하아, 절로 한숨이 새어 나온다. 새삼 부끄러워진다. 내가 뭐라고 장반지를 경계한담. 친구에게 근사한 생일 파티를 열어 주려고 아르바이트까지 하는 장반지를, 내가 뭐라고.

나는 머뭇머뭇 메시지를 보낸다.

- 장반지, 있잖아. 너무 속상해하지 말고 들어. 사실은 로라 생일에 일정이 있는데…….

대화창이 조용해진다. 이모티콘이라도 올려 봐, 장반지. 이마를 짚은 채 어질어질 비틀거리고, 엎드려 발 구르며 좌절하고, 눈물 콧물 뿜어내며 뒤돌아 뛰어가는 요란하고 과장된 이모티콘들 다 어디 갔냐고. 그거라도 있으면 이 상황이 한결 가볍게 느껴질 듯한데.

- 그날 로라랑 나랑 둘이 뭘 하려는 게 아니라…….

왜 내가 변명조로 말하는지 모르겠지만 일단은 이렇게 구구절절 설명해 두어야 마음이 편할 것 같다.

- 로라네랑 우리 집이랑 로라 생일에 스키장에 갈 예정이거든. 너도 알지? 로라 보드 타는 거 좋아하잖아. 그래서 이번에도 무지 기대하고 있고. 가족끼리 해마다 가는 거라 취소하기가 좀 그래.

- 아냐, 아냐. 나 때문에 취소하는 건 말도 안 되지.

잠깐 정적이 돈다. 나는 이 정적을 참아 내는 데 실패할 것이다.

- 미안…….

대화의 정적을 견뎌 내지 못하는 사람은 쓸데없는 소리를 하기 마련이다. 정작 내가 미안함을 느끼는 상대는 로라인데 나는 또 엉뚱한 사람에게 내 마음을 표현해 보였다.

- 네가 왜 미안해.

장반지도 번지수를 잘못 찾은 사과 따위를 받아 줄 생각은 없는 듯하다. 내가 '그러게'라고 대꾸하자 장반지는 'ㅋㅋ……' 하고 짧게 반응한다. 어쩐지 'ㅋㅋ' 뒤에 붙은 말줄임표에 씁쓸함이 배어 있는 것만 같다.

핸드폰 화면을 끄고 다시 맥없이 드러눕는다. 거실 창문을 통과한 오후 햇살이 나릿하게 전신을 감싼다. 이대로 아무 생각도 없이 한숨 푹 잤으면 좋겠네. 하지만 잠이 올 리가 없다. 아, 찜찜해.

나는 벌떡 일어나 핸드폰을 집어 들고 대화창을 연다.

― 장반지, 너도 같이 갈래?

― 나도 같이 가자고? 너희 가족 모임 아니야?

메시지를 올리자마자 메시지 옆 읽음 표시가 사라지더니 장반지가 기다렸다는 듯이 답신을 올린다. 계속 대화창을 보고 있었던 거야? 마음이 조금 짠해진다.

― 뭐 꼭 가족끼리만 가야 한다는 원칙이 있는 것도 아니고.

― 그래도…….

― 로라도 반지 네가 온다고 하면 좋아할 거야.

― 정말?

― 그럼.

― 와! 고마워. 나야 좋지. 로라랑 스키장에 가다니!

그제야 훌라 댄스, 브레이크 댄스, 군무에 막춤까지 온갖 춤을 추는 캐릭터들이 대화창에 난입한다. 그럼 그렇지, 장반지. 이래야 장반지지. 나는 입술 사이로 흘러나오는 웃음을 그대로 흘려보내며 묻는다.

― 로라가 그렇게 좋아?

― 넌 안 좋아?

― 나야 뭐…….

당연히 좋아하지. 솔직히 다른 사람들이 장반지와 나를 보고 '로라를 좋아하는 사람들의 모임'이라고 부른다 해도 할 말이 없다. 장반지와 나는 공통점이 하나도 없다고 생각했는데, 이쯤 되면 내 생각이 틀렸다는 걸 인정해야겠다. 우리의 유일한 공통점이 우리를 친구로 만들지 적으로 만들지에 대해선 여전히 아리송하긴 하지만.

― 아, 맞다. 나 너한테 물어볼 거 있는데, 혹시 도은송 너…….

내가 대답을 얼버무린 채 말끝을 흐리자 장반지가 화제를 바꾼다.

― 너, 호서로 좋아하니?

이 질문을 장반지에게서까지 들을 줄은 꿈에도 몰랐는데. 요즘 갑자기 왜들 이러는 거냐고. 만나는 사람마다 인사처럼 물어볼 셈인가? '안녕? 혹시 호서로 좋아하니?', '댁네 평안하신지요. 실례가 되지 않는다면 호서로 씨와 어떤 관계이신지 여쭙니다.', '어서 오세요, 고객님. 호서로를 좋아하신다니 안목이 정말 뛰어나세요!', '도은송! 수업 시간에 졸다니 호서로 꿈이라도 꾼 게냐?' 등등. 순식간에 온갖 망상이 머릿속에서 널뛰기한다.

― 그게 무슨 소리야?

최대한 차분히 대응하자. 흥분하지 말고, 침착하게.

― 아니, 그게…… 로라가 좀 신경 쓰는 거 같길래.

― 무슨 신경?

― 너랑 호서로랑 워낙 가까운 사이잖아.

나는 입을 떡 벌리고 할 말을 잃는다. 내 앞에선 아무런 내색도 하지 않던 로라가 사실은 내심 나와 호서로 사이를 불안해하고 있었다고? 게다가 그런 남모를 걱정을 장반지에게만 쏙 털어놓았다니. 그 애길 전하는 장반지는 왜 또 의도적으로 내 기분을 건드리려고 하는 듯이 느껴지는지.

내가 한참 아무 말도 하지 않자 장반지가 덧붙인다.

― 로라 입장에서는 아무래도 신경이 쓰이겠지.

로라의 대변인이 내게 선을 긋는다. 로라를 좋아한다는 알량한 공통점 하나로 자기한테 쓸데없이 친밀감 같은 거 느끼지 말라고. 그래, 좋아. 나도 하나도 아쉽지 않다. 내가 장반지랑 친해지고 싶어서 안달 났던 것도 아니고. 이제 내가 원하는 건 단 하나, 제발 아무도 내게 호서로를 좋아하냐고 묻지 말았으면 하는 것이다. 나는 엄지손가락에 힘을 주고 핸드폰 화면을 두드렸다.

― 뭐래. 신경 쓸 것도 많다.

대답할 준비가 안 된 사람은 대답을 피할 대답을 해 버리는 법이다. 만약 그도 부족하면…….

― 나도 좋아하는 사람 있거든?

말도 안 되는 거짓말을 하기도 하고.

이렇게 거짓말의 역사가 시작되고 만다.

　"카오스 핑크 이번 노래 좋았는데, 생각보다 안 뜨더라."
　저녁 식사를 마치고 소파에 누운 덕희 아줌마가 티브이를 보며 누구에게 하는 말인지 모를 말을 중얼거린다. 여기 모인 사람들 중 아이돌에 관심 있는 사람은 아줌마 말고 없다. 그동안 로라는 현실 연애에 집중하느라 손 닿을 수 없는 곳에 있는 연예인에게까지 관심을 쏟을 시간이 없었고, 나야 뭐 현실 연애든 가상 연애든 관심을 가져 본 적이 없고. 아빠는 집과 체육관을 오가는 단조로운 생활 패턴을 고수한 지 오래된 데다가 즐겨 듣는 음악이라곤 엄마랑 연애하던 시절에 들었던 발라드 히트송들이 전부다.
　"무대도 괜찮지? 유리아가 춤을 진짜 느낌 있게 잘 춰. 달리 센터가 아니야."
　아무도 대꾸해 주지 않아도 아줌마의 품평은 계속된다. 나는 아빠와 함께 식탁 위에 놓인, 한바탕 신나게 먹고 즐긴 흔적들을 치우며 슬쩍슬쩍 티브이를 곁눈질한다. 연말 분위기가 물씬 풍기는 무대 위에서 머리끝에서 발끝까지 반짝이를 뿌린 듯한 유리아가 뱅글뱅글 도는 모습이 꼭 마법의 주문을 거는 요정 같다.
　"엄마는 연예계에 관심이 그렇게 많으면서 그쪽으로 가지, 왜 작가가 되었어?"
　덕희 아줌마와 똑같은 자세로 소파 아래에 누운 로라가 심드렁하게 묻는다. 그렇게 말하는 로라야말로 연예인이 되어야 할 관상인데. 로라가 마음먹고 꾸미면 유리아보다 훨씬 더 예쁠 것이다.

"내가 연예인을 어떻게 하냐."

"왜, 나 닮아서 이쁘잖아."

"네가 나 닮아서 이쁜 거지."

맞는 말이다. 로라는 갈수록 덕희 아줌마와 닮아 간다. 그때 남은 음식들을 정리하던 아빠가 허허 웃으며 농을 친다.

"이쁜 것만으로 그게 되나? 재능이 있어야지. 근데 재능이 있어도 힘들었을 거야. 하고 싶은 말 못 참는 성격이라."

"무슨 소리야. 재능만 있었으면 셀러브리티 돼서 할 말 다 하고 살았을 건데."

덕희 아줌마가 코웃음을 치며 대꾸한다.

"엄마는 지금도 그러고 살지 않아? 작가만큼 하고 싶은 말 다 하고 사는 사람이 어딨어?"

로라의 말에 슬쩍 웃음이 난다. 덕희 아줌마의 드라마에 나오는 인물들이 떠올라서이다. 하나같이 목적의식이 분명하고 거침없이 행동하는 사람들. 주인공, 악역, 단역 모두 망설이거나 참는 법이 없다.

"얘가 프로의 세계를 모르네. 시청률 앞에선 내가 하고 싶은 말보다 남들이 듣고 싶어 하는 말을 하게 되는 거란다."

덕희 아줌마가 자못 설교하듯 말하자 이번엔 로라가 아줌마처럼 코웃음 치며 말한다.

"작가가 뭐 그래. 자기만의 시선이 있어야지. 작가의 시선을 통해 보편적 가치에 대해 질문을 던져 그보다 더 많은 대답이 돌아오게 하는 거, 그게 작가가 추구해야 할 일 아닙니까, 오덕희 작가님?"

로라는 덕희 아줌마와 말싸움할 때 가장 말을 잘한다.

"얘는, 나랑 싸울 때만 청산유수야."

덕희 아줌마가 공감을 바라는 표정으로 아빠와 나를 쳐다본다. 이럴 땐 딴청을 피우는 게 상책이다. 아빠는 냉큼 바닥을 닦는 척하며 허리를 굽히고 나는 괜히 싱크 볼에 쌓인 그릇들을 뒤적인다. 아직은 두 사람의 다툼에 끼어들 때가 아니다.

"내가 답답해서 그래, 답답해서. 진짜 해야 할 말은 한마디도 못 하면서……."

"그건 또 무슨 말?"

무슨 뜻인지 전혀 모르겠다는 듯한 덕희 아줌마의 반응에 로라가 벌떡 일어나 앉으며 가볍게 주먹을 쥐고 가슴 한가운데를 통통 때린다.

"그런 게 있어! 은송이랑 나만 아는 거! 어우, 답답해. 어우……."

우리는 대놓고 시선을 교환한다. 하지만 로라가 자기 엄마를 얼마나 답답해하는지, 나아가 내 아빠를 얼마나 답답해하는지 오덕희 작가님도 도도안 사장님도 전혀 눈치채지 못한다. 나는 로라를 향해 어깨를 으쓱해 보이며 나 또한 같은 심정이라고 동조를 표한다.

"얘네 무슨 말 하는 건지 알겠어?"

"난들 아나."

아빠와 아줌마가 영문을 모르겠다는 듯이 눈동자를 굴린다. 뭐, 지금 눈치채도 문제는 문제다. 분위기가 얼마나 어색해지겠어. 근데 한편으로는, 한 번쯤은 죽도록 어색한 분위기를 받아들이고 이겨 내야 서로 진심을 확인할 수 있는 게 아닌가도 싶다. 그게 언제든 말이다.

"아아, 내가 이 답답한 어른들한테 무슨 말을 해. 그냥 티브이나 보세요."

로라가 다시 한 손으로 머리를 받치고 누우며 말한다. 티브이 속 무대 위로 화려한 불꽃이 솟아오른다. 우리는 잠시 말없이 티브이 화면에 시선을 둔다. 불꽃 쇼를 비추던 카메라가 보신각 인근에 모인 인파를 비춘다. 사람들이 꽁꽁 언 얼굴을 하고서 새해 바람에 대해 이야기한다. 아빠가 묻는다.

"다들 새해 소원 뭐 빌지 생각은 하셨나?"

"아, 맞다. 소원까진 아니고……."

짝 하고 손뼉을 친 로라가 소파에 기대어 덕희 아줌마를 말똥말똥 쳐다본다.

"별건 아니고, 스키장 갈 때 다른 친구들도 같이 갔으면 해서."

다른 친구들? 고새 장반지가 로라에게 무슨 말을 했나? 근데 친구들이라고 말한 거 보면 장반지 한 명이 아닌 듯한데……. 나도 모르게 침이 꼴깍 넘어간다.

"친구, 누구?"

덕희 아줌마가 티브이 화면에서 시선을 떼지 않은 채 시큰둥하게 묻자 로라는 바로 방향을 바꾸어 말끄러미 아빠를 쳐다본다.

"아저씨, 서로랑 결이 알죠? 호서로랑 남궁결."

"어, 어 알지."

"우리 넷이 친구예요."

"넷이?"

아빠가 처음 듣는 소리라는 듯 머리를 긁적이며 나를 힐끔 쳐다본다.

"네. 넷 다 친해요. 그래서 말인데 서로랑 결이도 이번에 같이 가면 안 돼요?"

나는 아빠가 안 된다고 말하길 바란다. 하지만 아빠는 선뜻 대답하지 못하고 덕희 아줌마에게 의견을 구하는 듯한 눈빛을 보낸다.

"그 친구들이 같이 가고 싶대?"

덕희 아줌마가 천천히 일어나 앉으며 묻는다.

"그럼, 당연하지. 아직 물어보진 않았지만……."

"물어보지도 않았으면서 당연하긴 뭐가 당연해?"

"안 물어봐도 뻔하다니까. 스키장 가서 노는 걸 누가 싫어해?"

로라의 말에 덕희 아줌마가 황당해하는 표정으로 나를 향해 고개를 돌린다.

"애 말하는 것 좀 봐. 은송아, 그럼 우리 둘은 뭐가 되니?"

웃을 때가 아닌데 웃음이 나온다. 너무나도 천진한 로라의 확신

덕에 별안간 별난 사람이 되어 버린 듯해서.

"아무튼, 그 친구들 의견부터 물어봐라. 일에는 다 순서가 있는 법."

"서로랑 결이가 오케이 하면 된다는 거지?"

"어허, 순서가 있다고 했잖아. 그다음은 그 친구들 부모님이 허락해 주셔야지."

상황이 이상하게 흘러간다. 이러다 정말 다 같이 가게 되는 거 아닌가. 오늘 잠깐 모였을 때도 불편하기 짝이 없었는데 2박 3일 여행이라니. 나, 로라, 서로, 남궁결, 거기에 장반지까지. 아, 맞다. 장반지!

"어…… 근데…… 한 명 더 있어요."

내키지 않지만 이미 초대했으니 어쩔 수 없다. 게다가 서로와 남궁결까지 초대한 마당에 장반지를 빼놓는 건 말이 안 된다.

"한 명 더? 누구?"

로라가 눈을 동그랗게 뜨고 묻는다.

"반지. 장반지."

"오."

로라의 입술이 동그랗게 오므라진다.

"내가 왜 반지 생각을 못 했지? 반지도 같이 가면 좋지!"

로라가 싱글벙글 웃는다. 로라의 마음속에선 이미 여행 멤버가 땅땅 확정된 듯하다.

"아빠는 처음 듣는 친구인데, 우리 은송이랑 친한가 보지?"

"어, 뭐, 그냥…….."

아빠가 아무리 궁금해해도 사정을 다 설명할 생각은 없다. 인간관계가 얼마나 복잡한 것인지 아빠도 이제 알 때가 됐다. 그러니까 내가 내 친구에 대해 시시콜콜 말하지 않는다고 서운해하지 마, 아빠.

그때 아빠와 덕희 아줌마가 눈빛을 주고받으며 웃는다.

"우리 때 생각나네."

아줌마의 눈빛이 아련해진다. 로라가 빼닮은 눈빛이다. 보는 이로 하여금 눈을 뗄 수 없게 만드는 눈빛. 아빠는 저런 눈빛을 늘 마주하면서 어떻게 고백하지 않을 수 있는 걸까.

"그래, 뭐. 아까 말한 대로 친구들이 좋다고 하고 부모님도 허락하시면 다 같이 가자."

덕희 아줌마의 말에 아빠가 고개를 끄덕인다.

"앗싸! 진짜지? 말 바꾸기 없다?"

한껏 신이 난 로라가 조르르 달려와 내 팔짱을 끼고 발을 동동 구른다. 나도 로라처럼 마냥 기뻐하기만 할 수 있으면 얼마나 좋을까.

"해피 뉴 이어! 다들 정초부터 새해 복 터졌다! 호서로 남궁결 너희 둘, 우리랑 스키장 갈 수 있어!"

카운트다운이 끝나자마자 로라가 외쳤다. 서로와 남궁결이 갑자기 뭔 스키장이냐고 의아해했지만 아마 걔들도 어렴풋이나마 직감했을 것이다. 로라의 생일에 우리가 어디에서 무엇을 하며 보내게 될

지에 대해서 말이다.

통화가 끝나고 나서, 나는 조용히 대화창을 열었다.

― 1월 10일 스키장으로 출발. 부모님 허락 필요함.

그리고 잠시 망설이다 내 몫을 나눠 주는 듯한 심정으로 덧붙였다.

― 새해 복 많이 받아, 장반지.

아무래도 올해 복은 모두에게 공평하게 돌아가지 않을 것 같다.

5

01 10
나쁜 생각

 모두 함께 스키장에 도착했다. 나, 로라, 장반지, 호서로, 남궁결 그리고 아빠와 덕희 아줌마까지 총 일곱 명. 고작 세 명 더해진 여행인데 여느 때와 비교해 어쩌면 이렇게도 분위기가 다른지. 7인승 SUV가 꽉 차고 방 두 개짜리 콘도가 복작거리고, 그야말로 정신이 하나도 없다. 게다가 나 빼고 모두 정말 들떠 보인다. 심지어 아빠와 덕희 아줌마까지도. 이것저것 챙길 것들이 많아 부모님들끼리 연락할 일이 많았는데도 아빠와 덕희 아줌마는 준비하는 기간 내내 귀찮은 내색 한 번을 한 적이 없었다. 여행을 시작한 뒤로도 연신 싱글벙글 두 사람의 얼굴에서 웃음이 떠나질 않는다. 나만큼이나 내향적인 서로조차도 지금 이 상황을 느긋이 즐기고 있는 듯이 보이고.
 "반지는 스키 배울래, 보드 배울래?"
 아빠의 질문에 장반지는 일말의 고민도 없이 보드를 택한다. 당연히 로라랑 같이 보드를 타고 싶겠지. 물어보나 마나 한 질문이었다. 나는 저편 인파가 붐비는 대여소를 힐끔거린다. 시종 로라 곁에 딱 붙어 떨어질 줄 모르는 장반지가 잔뜩 신이 나서 렌털할 장비를 살피고 있다.

"아, 무거워."

스키복, 부츠, 스틱은 물론 헬멧과 고글, 마스크에 장갑까지 다 챙기고 나니 그렇게 거추장스러울 수가 없다. 역시 겨울 스포츠는 내 몸이 감당할 수 있는 한계를 넘어서는 것 같다. 그냥 덕희 아줌마 따라서 사우나나 갈 걸 그랬나. 따끈한 물에 몸을 풀고 나서 바나나우유랑 구운 달걀을 먹는 편이 훨씬 나았을지도 모른다. 하지만 어쩐지 다들 어울려 노는 순간에 나만 빠지면 안 될 것 같았다. 남의 가족 여행에 딸려 온 것처럼 어색해하면서도 무리에서 소외되지 않기 위해 애쓰는 사람, 그게 바로 나다.

"오전엔 저기서 아저씨가 가르쳐 줄게."

로라의 보조로 부츠를 신고 있는 장반지를 향해 아빠가 저쪽 초보자용 슬로프를 가리키며 말한다. 장반지가 긴장한 표정으로 고개를 끄덕이자 로라가 씩 웃어 보인다.

"이래 봬도 아저씨, 여기 강사 출신이야. 나도 아저씨한테 다 배웠어."

"허허, 이래 봬도라니, 보시다시피라면 몰라도."

아빠가 팔짱을 끼며 말한다. 어느새 빌린 장비들을 모두 착용한 서로와 남궁결이 다가와 소리 없이 웃는다. 아빠가 허풍을 떤다고 생각하는 듯하다. 아빠 실력을 보면 그렇게 웃지 못할 텐데. 좀 으스대는 경향은 있지만 아빠는 스키든 보드든 국가대표급으로 잘 탄다.

"결이랑 서로는, 알아서 탈 수 있지?"

"에이, 아저씨. 결이는 캐나다에서 왔잖아요."

캐나다에서 자란 사람들은 스노보드를 못 탈 리 없다는 확신이 로라의 얼굴에 그득하다. 남궁결은 긍정도 부정도 하지 않은 채 여유로운 미소만 짓고 서 있다.

"그래, 그래. 서로도 잘 못 타겠으면 우리 은송이한테 가르쳐 달라고 하고."

아빠가 자부심 가득한 표정으로 내 어깨를 흔든다. 아빠의 수제자나 다름없는 나를 자랑하고 싶어 하는 기색이 역력하다. 민망함은 오롯이 내 몫이고.

그때 남궁결이 한쪽 눈썹을 찡긋하며 말한다.

"진짜 잘 타나 보네. 기대되는데."

남궁결의 입가에 장난스러운 미소가 걸려 있다. 그리고 그 미소를 이어받은 서로가 내 실력을 믿어 의심치 않는다는 듯이 해맑게 웃으며 말한다.

"어떻게 기대를 안 해. 도은송 선생님, 오늘은 선생님만 졸졸 따라다닐게요."

겨울 햇빛이 서로의 뺨에 닿아 반짝거린다. 나는 괜스레 손등으로 눈을 비빈다. 눈동자에 햇빛이 낀 듯 빛 망울이 아롱지다 이내 사라진다. 그렇게 비어 버린 시야에 로라의 모습이 들어온다.

"뭐 해? 가자, 얼른. 오늘 설질이 끝내준대."

로라는 낭랑한 목소리로 재촉하고는 장반지의 팔짱을 낀다.

반전은 없었다. 남궁결은 보드를 잘 탄다. 그냥 잘 타는 정도가 아니라 정말 멋있어 보이게 잘 탄다. 스피드며 스킬, 폼까지 무엇 하나 부족하기는커녕 넘치도록 빼어나서 남궁결이 눈 비탈을 미끄러져 내려갈 때마다 고개를 돌려 감탄하지 않는 사람이 없을 정도다.

"편견 하나 추가됐네."

눈밭을 찌르듯 내리쬐는 햇살에 눈꺼풀이 절로 내려앉는다. 저 멀리 짜릿한 속도로 내달리는 남궁결의 뒷모습을 눈으로 좇던 서로가 내 중얼거림을 듣고 고개를 돌려 묻는다.

"무슨 편견?"

"캐나다에서 온 사람들은 다 보드를 잘 탄다는 편견."

피식, 서로의 입에서 바람 빠진 소리가 새어 나온다.

"환경 덕도 있겠지만, 결이는 워낙 운동 신경이 좋잖아."

"왜, 서로 너도 생각보다 괜찮은데. 내가 더 가르쳐 줄 게 없어."

"무슨 소리. 저는 아직 멀었습니다, 스승님."

호서로, 요즘 남궁결과 어울리는 시간이 많아져서인가, 부쩍 넉살이 좋아진 것 같다. 오늘만 봐도 그렇다. 혼자서도 잘만 타면서 왜 자꾸 내 뒤를 졸졸 따라다니며 헤실거리는지. 그런데 이상하게도, 그런 서로가 싫지 않다. 싫기는커녕 외려 더 서로가 가깝게 느껴진다. 짝사랑이니 뭐니 하며 골치 아파지기 전으로 돌아간 듯하여 마음도 한결 가붓해진다. 나는 에헴 하고 낮은 목소리로 받아친다.

"그럼 스승은 뒤에서 지켜보며 천천히 내려갈 테니, 제자는 일러준 바대로 앞서 내려가도록 하여라."

서로가 한 손을 이마에 대고 경례 자세를 취하며 싱긋 웃는다. 서로의 고글 렌즈에 비친 내 얼굴에도 미소가 어려 있다. 모처럼 한없이 편안해 보이는 얼굴. 나는 이 순간의 내 모습이, 그리고 이 순간의 서로의 모습이 무척 마음에 든다. 서로도 내 마음과 똑같으면 좋을 텐데.

"그럼 스승님, 잘 따라오십시오."

이윽고 서로가 몸을 돌려 씽하고 내리닫는다. 나도 곧 그 뒤를 따른다. 서로가 일으킨 보드라운 눈보라를 사이에 두고 적당한 속도를 유지하며 달린다. 로라 말대로 오늘 설질이 끝내줘서일까. 스키장 눈밭 위에선 항상 무겁기 그지없던 두 발이 어쩜 이렇게 가볍디가볍게 느껴지는지. 좋다. 이루 말할 수 없이 좋다. 차분히 활강하는 서로의 뒷모습을 쫓으며 이대로 끝없이 미끄러져 내려갈 수도 있을 것 같다. 작고 보드라운 눈꽃이 바람을 타고 놀듯 우리는 이리저리 방향을 바꾸며 눈 덮인 비탈을 누빈다. 그렇게 아래로, 아래로 향한다. 슬로프 아래 로라가 있는 곳까지.

"너희 스키 타는 거 보니까 재미있어 보이네. 내일은 나도 오랜만에 스키나 타 볼까."

우리가 내려오는 모습을 말끄러미 지켜보던 로라가 자신의 보드를 들어 올리며 말한다.

"어…… 그럴래? 같이 타면 나야 좋지."

나는 더 이상 로라가 하는 말을 가볍게 들어 넘길 수 없다. 로라의 표정과 몸짓 또한 쉬이 지나칠 수 없다. 해석이 필요 없던 로라의 모든 것들, 내게 익숙했던 그 모든 것들은 이제 하나하나 고심하여 헤아려야 할 낯선 것들이 되어 버렸기에.

그런데 그때였다.

"어엇……."

꽈당 데구루루. 열 발자국 떨어진 슬로프 위에서 누군가 크게 넘어져 쓸려 내려온다. 남궁결이다.

"괜찮아?"

서로가 다급히 남궁결의 상태를 살핀다. 남궁결은 반쯤 누운 자세로 헬멧과 고글을 벗어 내고는 하얀 입김을 와르르 쏟는다.

"괜찮지, 그럼. 나 아주 괜찮아."

남궁결이 활짝 웃으며 말한다. 하얀 치아가 드러나고 청량한 기운이 훅 덮쳐 온다. 어째서일까. 나는 로라를 따라 남궁결에게 다가서면서도 한편으로는 뒷걸음질 치고 싶어 어깨를 옴츠린다.

"진짜 괜찮아? 뭐야, 엄청 잘 타더니, 저기서 그렇게 넘어진다고?"

걱정과 의아함이 반씩 섞인 표정으로 로라가 묻는다.

"진짜 괜찮지, 그럼. 좀 전에 잠깐……."

어깨에 묻은 눈을 털어 내며 남궁결이 나를 올려다본다. 이마를 덮은 짧은 머리칼이 물기를 머금고 반짝인다. 나는 찬 공기에 바싹 마른 입술을 잘근거리며 남궁결의 시선을 피하지 않으려 애쓴다.

"잠깐, 뭐?"

"잠깐 방심했나 봐."

남궁결이 나를 보고 웃는다.

"누굴 보고 방심했는데?"

로라가 내 팔꿈치를 툭 치며 의미심장한 미소를 짓는다. 뭔가 말하고 싶은 듯 입술을 달싹이면서. 하아, 장반지가 벌써 다 말했구나. 내가 남궁결을 좋아한다고, 로라에게 말해 버린 거야. 민망해진 나는 슬쩍 시선을 돌린다. 그동안 남궁결의 불편한 시선을 나 혼자 견딜 때는 조금도 알아채지 못하더니, 이제 와서 실룩샐룩 유난스러운 표정을 지어 보이는 건 뭐람. 게다가 누굴 보고 방심했냐니. 왜 그 말을 하면서 날 쳐다보는 거야. 남궁결이 나 때문에 방심할 리가 없잖아.

마음의 가장자리에 뾰조록뾰조록 잔가시가 돋는 듯하다. 어쩌면 원래는 솜털이었던 것이 별안간 빳빳해진 것 같기도 하다. 내가 로라에게 이런 까칠한 마음을 가지다니.

"여어, 이래서 어디 오후에 우리 반지 잘 가르치겠나."

그때 아빠가 저편에서 다가오며 남궁결을 보고 말한다.

"제가 누굴 가르쳐요?"

남궁결이 멀뚱거리며 아빠와 아빠 뒤를 따라오는 장반지를 번갈아 쳐다본다. 장반지는 어깨를 축 늘어뜨린 채 다리를 질질 끌며 숨을 몰아쉬고 있다.

"아, 아저씨 저 오후엔 쉴래요. 더 이상 못 타겠어요."

장반지가 고개를 절레절레 젓는다. 아빠의 스파르타식 레슨을 받았으니 그럴 만도 하다.

"무슨 소리야. 반지 너, 이제 겨우 감 잡았는데. 이럴 때 계속 타 줘야 해. 결이가 꽤 타는 거 같으니, 오후엔 결이랑……."

"아빠는 뭐 하려고?"

내가 캐묻듯 끼어들자 아빠는 갑자기 어깨를 두드리며 힘든 척을 한다.

"아이고 야, 나도 이제 늙어서 반나절 타니까 힘들다. 숙소 들어가서 좀 쉬고 있을게. 우리 오 작가도 혼자 심심할 거 아니야."

"어머, 아저씨 그럼 얼른 들어가세요. 두 분이 오붓한 시간……."

만면에 화색을 띤 채 쌍수를 들고 환영할 기세로, 로라가 대꾸한다. 나는 로라의 옆구리를 쿡 찌른다. 너무 대놓고 나서다가는 일을 그르치기 십상이다. 내가 로라만큼 연애에 대해 해박하진 않아도 아빠에 대해선 로라보다 많이 알지 않는가. 막상 멍석 깔아 주면 엄두도 못 낼 사람이 바로 우리 아빠다.

"아니, 싸우지 말고 사이좋게…… 즐거운 시간 보내시라고요. 헤

혜."

로라가 혀끝을 빼꼼 내밀며 장난스럽게 웃어 보이자 아빠는 별소리 다 한다는 듯이 헛웃음을 지으며 말한다.

"우리가 애냐. 아니지, 우린 어릴 때도 싸워 본 적이 없어."

아빠와 덕희 아줌마는 어릴 적 동네 친구였다. 열일곱 살 때 덕희 아줌마가 원주로 이사 가기 전까지 둘은 낮은 담벼락 하나를 사이에 둔 이웃이었다고 한다. "그럼 엄청 친했겠네." 하고 내가 묻자 아빠는 웃으며 말했다.

"그냥 늘 곁에 있는, 당연한 존재였지. 멀리 이사 간다고 해서 멀어질 거 같다는 걱정조차 안 들 정도로. 엄마들끼리 자주 전화하면서 소식을 전해 줘서 그런가, 고등학생 시절 내내 한 번을 못 봤는데도 그렇게 오래 떨어져 있는 듯이 느껴지지 않았으니까."

나는 아빠도 덕희 아줌마도 참 싱거운 사람들이라고 생각했다. 당연한 존재가 자리를 비우면 보통은 무척 허전해하지 않나. 그렇게 상대를 그리워하다가 문득 자신의 감정을 깨닫기도 하고. 하지만 아빠는 몇 년 만에 같은 대학에 진학해 아줌마와 마주치고도 '어, 덕희네' 하는 생각밖에 안 들었다고 한다. 정말 싱거워도 너무 싱겁다.

"엄마, 티브이도 안 보고 뭐 해. 우리 재미있는 거 보자."

로라가 덕희 아줌마의 눈치를 보며 살갑게 군다. 아줌마는 소파에 누워 팔짱을 낀 채 부루퉁히 천장만 쏘아보고 있다. 우리가 오후 슬로프 운영 시간을 꽉 채워 놀고 나서 기진맥진하여 숙소로 돌아왔을 때부터 쭉 덕희 아줌마와 아빠 사이에 이상한 기류가 흐르고 있었다. 한 번도 싸워 본 적 없다더니, 오늘 새로운 역사를 쓰게 되는 건가. 다들 조용조용히 씻고 나와 조심조심히 분위기를 살피고 있지만 나는 내심 아빠와 덕희 아줌마 사이에 싸움의 불꽃이라도 튀어 싱겁기 그지없는 관계에 색다른 반전이 일어나길 기대해 본다.

"아빠, 저녁에 뭐 먹지? 내가 할 거 없나?"

아빠는 뚱한 얼굴을 하고서 아까부터 괜히 냉장고와 싱크대 문짝을 열었다 닫았다 하고 있다.

"저도 도울게요, 아저씨."

서로도 냉큼 내 말을 거들고 나선다.

"손님들이 무슨……. 할 거 아무것도 없어. 너낸 그냥 놀고 쉬고 그러면 돼. 정작 거들어야 할 사람은 꼼짝도 안 하는데……."

아빠가 덕희 아줌마를 힐끗 쳐다보며 툴툴대자 덕희 아줌마는 다들 들으라는 듯 세게 코웃음을 치며 말한다.

"언제는 여기 놀러 오면 손에 물 한 방울 안 묻히고 글만 쓰게 해 준다더니."

"그래서, 글을 한 줄이라도 썼어? 소파에 누워 있는 모습밖에 못 봤구먼."

"아, 쫌! 생각하는 거라고, 생각. 생각을 해야 글을 쓰지."

"생각은 무슨. 글 안 쓸 생각만 하는 거겠지."

말다툼이 계속되자 로라가 고개를 절레절레 저으며 티브이를 켰다. 로라는 두 사람을 두고 소심한 겁쟁이들이라 부르곤 했다. 하지만 내 생각은 다르다. 아빠는 첫사랑인 나의 엄마에게 순정을 다 바쳤던 이력이 있고, 아줌마는 로라를 혼자 낳아 키울 정도로 용감한 구석이 있다. 그러니 아빠와 덕희 아줌마가 서로에게 대범한 로맨티스트가 되어 줄 수 없는 이유는 따로 있을 것이다.

"어? 엄마 드라마다."

리모콘 버튼을 눌러 대던 로라의 손이 멈춘다. 막 씻고 나온 남궁결이 수건으로 머리카락을 문지르며 끼어든다.

"〈당신의 거짓말엔 이유가 있다〉, 이거 아줌마가 쓴 거예요? 우리 엄마도 이 드라마 좋아하는데. 와, 신기하다."

제법 과장된 말투로 냉큼 끼어든 걸 보면 남궁결 역시 호시탐탐 분위기를 누그러뜨릴 기회를 찾고 있었던 것 같다. 그나저나 덕희 아줌마의 드라마는 캐나다에서도 찾아보는구나. 하긴 〈당신의 거짓말엔 이유가 있다〉는 한국 막장 드라마계에 한 획을 그었다는 평을 듣는 작품이니 그럴 만도 하다. 주인공의 악의 없는 거짓말이 어디까지 파장을 미치게 되는지, 그 파장의 영역에 있는 다양한 인간 군상을 통해 날카로운 필치로 그려 낸 작품이라고 했던가. 아, 이건 로라의 평이었다. 나는 그저 '와 재미있다' 하고 보았을 뿐이고.

"우리 엄마 대단하지? 이거 10년도 더 된 드라마인데 아직도 재방송하잖아."

덕희 아줌마의 기분을 풀어 주려고 일부러 더 추켜올리는 것도 있지만 사실 로라는 자신의 엄마를 굉장히 자랑스러워한다. 공부는 안 하고 웹 소설만 읽는 로라를 늘 못마땅하게 보는 아줌마는 아마 로라가 엄마처럼 되고 싶어서 밤낮으로 노력 중이라는 사실은 꿈에도 모를 것이다.

"오, 이거 인터넷에 짤 엄청 많이 돌잖아. 나도 많이 봤어."

옷을 갈아입고 방에서 나온 장반지가 로라 옆에 찰싹 붙어 앉아 눈을 반득거리더니 몸을 홱 돌려 덕희 아줌마를 향해 말을 쏟아 낸다.

"아줌마, 드라마 작가는 어떻게 하면 될 수 있어요? 유명한 배우들도 많이 만나죠? 드라마 히트 치면 돈도 엄청 많이 번다던데. 저 드라마도 대박 나지 않았어요? 저기 저 악역 맡은 배우도 연기 엄청 잘하고, 그 국수 면이 코로 나오는 장면도 진짜 웃기던데……. 다들 그러잖아요. 사이다 오브 사이다, 막장 오브 막장이라고……."

로라가 장반지의 팔뚝을 힘주어 잡는다. 이제껏 아줌마가 막장 드라마라는 타이틀에 딱히 거부감을 보인 적은 없었지만, 지금은 눈치껏 분위기를 살펴야 할 때라서 입을 막은 듯하다.

"저 때는 필요했어, 저런 드라마가."

로라의 걱정과는 달리, 덕희 아줌마의 얼굴에 희미한 미소가 감돈다.

"왜요?"

"쓰면서 내 속도 시원해졌거든."

몸을 일으켜 앉은 아줌마가 눈만 껌뻑껌뻑하는 장반지를 쳐다보며 말을 잇는다.

"아줌마가 정말 힘들 때 말이야. 동네 순댓국 파는 가게에 가서 혼자 순댓국 한 그릇을 시켜 놓고 멍하니 앉아 있는 날이 많았어. 주로 손님이 드문 시간에 가서 한두 순가락 뜨고 일어나곤 했지. 그때마다 거기 사장님이 티브이를 틀어 놓고 드라마를 보시는데, 손님이 나밖에 없으니까 온갖 추임새를 다 날 보고 하시는 거야. 아이고 저 썩을, 워메 망할, 귀신 씻나락 까먹는 소리하고 있네, 우짤까 저거 불쌍해 우짤까……."

장반지가 낮게 킥킥대며 아줌마의 이야기에 귀 기울인다. 장반지뿐 아니라, 어느새 모두들 아줌마의 이야기가 이어지기를 기다리고 있다. 아빠까지도.

"솔직히 처음엔 좀 부담스러웠지. 근데 어느 순간부터 나도 끼어들어 맞장구를 치고 있더라고. 함께 드라마를 보면서 울고, 웃고, 욕하고, 박수 치고……. 사실 모든 소설이나 드라마는 결국 다 거짓이잖아. 그치만 진실을 추구하는 거짓이지. 하지만 그 드라마는 아무리 봐도 진실을 추구하는 이야기 같지 않았어. 모든 게 너무 과장되어 있고, 의도해서 자극적으로 만든 티가 너무 났거든. 보는 사람에 따라서는 형편없는 싸구려 드라마라고 부를 법한 그런 드라마였지. 근데 내가 그걸 보고 위로받고 있더라고. 다 죽어 버린 것만 같았던 감정들이 꿈틀거리고."

잠시 말을 멈춘 아줌마가 고개를 돌려 아빠를 쳐다본다. 아빠는 마치 모든 사연을 다 알고 있는 듯한 얼굴을 하고 있다. 한결 부드러워진 아빠의 표정을 확인한 아줌마는 피식 웃음을 흘리며 말을 잇는다.

"그러니까, 저 드라마 〈당신의 거짓말엔 이유가 있다〉는 나를 위해 썼던 거야. 순댓국 가게 사장님을 위해 쓴 드라마이기도 하고. 그때 같이 봤던 드라마가 종영된 뒤에 그만한 드라마가 안 나온다고 맨날 투덜거리셨거든."

"드라마 나오고 나서 사장님이 무지 좋아하셨겠네요?"

"그럼. 내 첫 팬이신데. 얼마나 좋아하셨는지 몰라."

"그럼 요즘은 뭐 쓰세요? 아줌마, 새로 나올 드라마에 카오스 핑크 멤버도 캐스팅해 주시면 안 돼요? 그럼 저 꼭 본방 사수할게요. 아니, 아무나 나와도 놓치지 않고 볼 거니까 빨리 방영했으면 좋겠어요. 진짜로, 드라마 언제 나와요? 순댓국집 사장님도 엄청 기다리시겠다."

장반지가 또 흥분해서 속사포처럼 떠들어 댄다. 가만 보면 장반지는 덕희 아줌마의 드라마에 나올 법한 캐릭터 같다. 시끄럽고, 이리저리 말을 잘 옮기고, 불필요한 사건을 만들곤 하는 감초 역할에 딱 이랄까. 덕희 아줌마는 그런 장반지를 귀찮아하는 기색 하나 없이 부드럽고 상냥한 표정으로 바라본다. 아줌마가 이런 표정을 짓는 일은 흔치 않은데. 어쩐지 아줌마의 드라마 속 유난스러운 캐릭터들이 밉지만은 않게 그려지는 이유를 알 듯도 하다.

"전엔 사장님 덕에 힘내서 썼는데, 이젠 반지 덕을 봐야겠네."

덕희 아줌마의 말뜻을 알아듣지 못한 장반지가 고개를 갸우뚱하자 아줌마가 차분한 어조로 덧붙여 말했다.

"돌아가셨거든. 좀 됐어."

"아……."

다들 어떻게 반응해야 할지 모른 채 머뭇거리는데 아빠만 이미 다 알고 있다는 듯 차분히 저녁 식사 준비를 하고 있다.

"아무튼 응원해 줘서 고마워. 근데 아줌마도 슬슬 은퇴에 대해 생각하는 중이라 어떻게 될지 모르겠다."

"네? 은퇴요? 왜요?"

장반지가 눈을 똥그랗게 뜨고 묻는다. 이번에도 아빠만 빼고 다들 놀라 버렸다. 가장 놀란 사람은 로라 같다. 로라가 화를 내듯 말한다.

"뭔 소리야, 그게. 말도 안 돼."

"말이 안 되긴. 모든 일엔 끝이 있는 법이지."

드라마 두 편이 연달아 흥행을 못 해서일까. 슬럼프가 어쩌고저쩌고 하는 기사를 보긴 했지만 죄 허튼소리라고 생각했는데. 천하의 오덕희 작가가 슬럼프라니, 아니 거기에 더해 슬럼프에 무릎 꿇고 절필 선언을 하다니 도무지 믿어지지가 않는다.

"저 드라마가 내 인생 최대 역작이야."

기가 차서 말이 안 나온다는 듯 입을 떡 벌리고 있는 로라에게 덕희 아줌마가 나긋이 말한다. 티브이 화면을 향한 아줌마의 눈빛이 그저 아련하기만 하다. 그 모습을 물끄러미 바라보던 아빠가 부루퉁히 끼어든다.

"자기가 글 안 쓰고 살 수 있나 보자, 어디."

"흥……."

"글 쓰는 거 말고 할 줄 아는 게 뭐 있긴 있어?"

"아, 몰라. 이도 저도 안 되면 도도안 피트니스에 투자하지, 뭐."

아빠가 어이없다는 듯 웃자 아줌마도 따라 웃는다. 여전히 서로를 흘겨보고 있지만 둘 사이에 흐르던 긴장감은 더 이상 느껴지지 않는다.

"이제 두 분 좀 풀리신 거지?"

서로가 내 옆에 다가와 확인하듯 묻는다. 내가 고개를 끄덕이자 서로의 얼굴에 안도의 미소가 번진다. 그리고 그 미소가 사방으로 퍼져 나가 하나둘씩 빙그레 미소 짓게 만든다.

"우리 아까 사 온 팝콘, 그거 돌려서 드라마 마저 보며 먹을까?"

남궁결이 하얀 건치를 활짝 드러내며 모두를 향해 묻는다.

"좋아!"

로라가 가장 먼저, 흔쾌히 동의하며 벌떡 몸을 일으킨다. 하하 호호 팝콘을 준비하는 두 사람을 보는데, 문득 둘이 정말 잘 어울린다는 생각이 든다. 저렇게 잘 맞는 결이를 두고, 로라는 왜 서로에게 마음을 주는 걸까. 로라의 마음이니 로라가 알아서 할 일이지만 그럼에도 불구하고 몰몰 피어나는 생각을 멈출 수 없다. 로라가 남궁결을 좋아한다면 참 좋을 텐데. 로라가 남궁결을 좋아한다면 참 좋을 텐데. 로라가 남궁결을 좋아한다면…….

그런데 그때 내 바람에 찬물을 끼얹듯, "어엇!" 하는 소리와 함께 후드득후드득 머리 위로 팝콘이 가차 없이 쏟아져 내린다. 팝콘 봉지를 날려 보내고 가까스로 중심을 잡은 남궁결이 당황한 표정으로 나를 쳐다본다. 툭툭 발밑으로 옥수수 알갱이들이 떨어진다. 머릿속 퓨즈가 나간 듯 일순간 컴컴해지더니 저 아래 심연에서 이상한 말이 튀어나온다.

"내가 나쁜 생각한 거야?"

나도 모르게 그렇게 묻는다.

"어…… 미안. 괜찮아?"

괜찮다마다. 팝콘 따위에 맞아서 어떻게 되는 사람은 없다. 그런데 남궁결은 안절부절못하고 가까이 다가올 엄두도 못 내고 있다. 나는 머리 위 팝콘을 털어 내며 불과 몇 시간 전 눈밭에서 철푸덕 넘어져 구르던 남궁결의 모습을 떠올린다. 남궁결은 의외로 실수가 잦은 타입인 듯하다.

"앗, 뜨거워. 이거 안 터진 알갱이는 꽤 뜨겁네. 데인 데 없어, 은쏭쏭?"

로라가 내 몸에 붙은 팝콘을 떼어 먹으며 묻는다.

"어. 하나도 안 뜨거워. 괜찮아."

"근데 뭐야, 남궁결. 또 방심한 거야?"

로라가 눈썹을 씰룩이며 남궁결을 쳐다본다. 남궁결은 자기가 생각해도 어이없다는 듯이 맥없는 미소를 흘리며 중얼거린다.

"그러네. 나 자꾸 방심하네."

어째서인지 모르겠지만, 나는 남궁결과 눈을 마주치지 않기 위해 온몸에 바짝 힘을 주고 있다. 그때 서로가 나선다.

"아니야, 내가 갑자기 움직여서……."

서로는 마치 이 사태가 벌어진 데에 큰 책임감을 느끼는 것처럼 무거운 표정을 짓고 있다. 그냥 남궁결과 서로, 둘이 몸이 부딪치는 바람에 팝콘을 손에서 놓친 듯한데, 그게 이렇게 심각해할 일인가.

"아냐, 브로. 내가 서두르다가 그랬지."

"아니야. 내 잘못이야."

"브로, 이건 내 실수라니까."

뭐하는 거람. 팝콘 한 번 쏟은 걸로 브로맨스 영화 한 편 찍을 셈인가.

"쟤네는 왜 자꾸 브로 타령이니."

보다 못한 덕희 아줌마가 내 왼쪽 어깻죽지에 붙은 팝콘을 떼어 먹으며 속삭인다.

"내버려 둬요. 귀엽잖아."

로라도 장난스럽게 속삭인다.

"으, 귀엽긴 뭐가 귀여워."

내가 마뜩잖은 표정을 짓자 덕희 아줌마와 로라가 동시에 웃는다. 잠시 후 먼저 웃음을 그친 로라가 짜르르 호기심이 번진 표정으로 내게 묻는다.

"근데 아까 그 말 뭐야?"

"응?"

"나쁜 생각 했다며. 무슨 생각 했는데?"

나는 멀뚱멀뚱 로라를 쳐다본다. 아마 지금 난 방심하다가 정곡을 찔린 사람처럼 허술한 표정을 하고 있겠지. 내 눈에 비친 로라의 얼굴은 내가 생각하는 내 얼굴과 정반대의 얼굴이다. 누군가를 좋아하는 마음으로 빈틈없이 꽉 찬 얼굴은 왜 이렇게도 담백해 보이는 걸까.

"아니야, 됐다. 얘기할 필요 없어. 그런 생각은 그냥 지워 버려."

그리고 로라는 "정말로 나쁜 생각이라면 말로 꺼내지 않는 게 좋아." 하고 덧붙인다.

나는 고개를 젓지도 끄덕이지도 못한다.

6

01 11
이게 드라마가 아니라니

아침부터 한바탕 떠들썩하게 다 같이 로라의 생일을 축하하며 미역국을 먹고 부랴부랴 채비하여 슬로프로 이동한다. 오늘은 로라의 생일이니 뭐든 로라 마음대로 할 수 있다. 로라는 서로에게 스키 타는 법을 가르쳐 달라고 했다. 서로가 스키를 배운 지 고작 하루밖에 되지 않았다는 사실은 로라에게 전혀 중요하지 않은 것 같았다. "은송이가 있는데 왜 굳이 내가 가르쳐야 하지?" 하고 의아해하는 서로에게 로라는 "은쏭쏭은 남궁결을 가르쳐야 하니까." 라고 말했다. 마치 내가 남궁결에게 스키를 가르쳐 주는 게 당연하다는 듯이 말이다.

남궁결과 나란히 리프트에 올라앉아 멀뚱멀뚱 하늘만 쳐다본다. 어제와 다르게 하늘색이 영 탁한 것이, 구름도 꾸물꾸물 굼뜨게 자리를 바꾸어 댄다. 남궁결은 아까부터 하얀 입김만 내뿜으며 한마디도 하지 않고 있다. 왜인지 모를 어색한 분위기에 숨이 막힌다. 이래서야 하루 종일 어떻게 단둘이 같이 있을까 싶다.

"뭐…… 굳이 배울 필요 있겠어? 보드 타는 거 보면 스키도 곧잘 탈 거 같은데."

나는 저 멀리 구름을 쳐다보며 중얼거린다. 혼잣말처럼 내뱉었지만 남궁결 들으라고 하는 말이다.

"배워야지. 열심히 배워야지."

남궁결이 스스로 다짐하듯 되뇐다. 역시 혼잣말처럼 들리지만 나 들으라고 하는 소리 같다.

"그렇다면야."

나는 어깨를 으쓱하고는 남궁결의 옆모습을 곁눈질한다. 추위 때문일까. 남궁결의 귓바퀴와 목덜미가 벌게져 있다.

"흠흠."

내 시선을 의식했는지, 남궁결이 겸연쩍은 듯 헛기침을 한다. 나는 화들짝 고개를 돌려 버린다. 이번엔 어쩐지 남궁결이 내 옆모습을 쳐다보는 게 느껴진다.

"오늘, 눈이 내릴 거 같아."

내 귓바퀴와 목덜미도 발개져 있을까. 그렇다면 그건 순전히 추위 때문이다.

"그래?"

나는 반신반의하는 어조로 대꾸하며 하늘을 올려다본다. 올해는 유독 눈이 많이 내리네. 만약 로라의 생일에 눈이 내린다면 보나 마나 로라는 '생일에 눈이 내리다니 완벽해' 하고 말할 것이다.

"만약 오늘 눈이 내리면……."

남궁결이 말끝을 흐리는 바람에 나도 모르게 남궁결을 향해 고개를 돌린다. 남궁결은 자기 자신에 대해서든 자신이 하는 말에 대해서든 다른 사람으로 하여금 들여다보고 귀 기울이게 만드는 이상한 재주가 있다.

"오늘 눈이 내린다면 말이야, 너한테 할 말이 있어."

"어?"

눈이 내리면 내가 들을 말. 그 말이 어떤 말일지 가늠도 안 되는 상황에서 내가 남궁결을 향해 할 수 있는 말이 무엇이겠는가.

"……오늘 눈이 안 올 수도 있잖아."

"왜? 오늘 눈이 내리지 않으면 내 얘기를 듣지 못하게 될까 봐 걱정돼?"

내 말이 어떤 의미로 들릴지 생각했어야 하는데.

"걱정 마. 오늘 안 내리면 다음에 눈 내리는 날 찾아갈게."

"걱정해서 한 말 아니거든."

머쓱한 웃음이 남궁결의 얼굴에 머무른다. 그 웃음이 공기 중에 다 흩어지고 나서야 남궁결은 다시 흠흠 목소리를 가다듬는다.

"하나만 부탁해도 될까?"

"뭔데?"

"눈이 내리는 동안엔 말이야. 내가 하는 말만 듣고, 내가 한 말에 대해서만 생각해 줄 수 있어?"

참 이상한 부탁도 다 있다. 눈이 잠깐 흩날리다 말지, 밤새도록 쏟아질지 어떻게 알고. 같은 이유로 선뜻 응하기도 애매하고.

"내가 왜 그래야 하는데?"

"네가 그래야 할 이유는 없지. 그러니까 부탁하는 거지."

어느새 벌겋던 남궁결의 귓바퀴와 목덜미가 본연의 색으로 가라앉아 있다. 나는 가만히 남궁결의 눈을 바라본다. 바람이 제법 부는데도 남궁결의 까만 눈동자는 흔들림 없이 고요해 보인다. 운동선수들이 중요한 순간에 내보이는 차분함 같은, 범접할 수 없는 기세가 느껴진다.

"그래, 뭐……."

나는 말을 얼버무리고 고개를 홱 돌려 버린다. 제발 오늘만큼은 눈이 내리지 않았으면. 나는 아직 내 가짜 짝사랑을 들키고 싶지 않다.

"은송아! 스키 너무 재미있어!"

로라가 엉성한 폼으로 스키를 타고 내려오며 외친다. 뒤따라오는 서로의 표정은 그리 밝지만은 않다. 행여 로라가 넘어져 구르기라도 할까 봐 노심초사하는 듯한 얼굴이다. 물론 서로가 그러든지 말든지 한껏 신이 난 로라는 마지막까지 속도를 줄이지 않는다. 로라가 신난 이유는 분명 호서로 때문일 텐데. 어쩌면 로라는 '서로 너와 함께 있기 때문에 내가 이렇게 즐거운 거야'라고 온몸으로 표현하고 싶은 건지도 모른다.

"조심해, 조심, 조심……!"

휘우뚱 멈추어 서는 로라를 향해 팔을 뻗은 사람은 나 하나만이 아니다. 서로도, 남궁결도, 심지어 한참 뒤로 보이는 장반지까지 모두 일제히 손을 내뻗는다. 장반지는 어제 처음으로 보드를 배웠으면서, 오늘 냉큼 스키를 배우겠다고 노선을 바꿔 버렸다. 그 이유가 누구 때문인지는 굳이 설명할 필요가 없을 것이다.

"예전엔 왜, 스키가 이렇게 재미있는지 몰랐지?"

아슬아슬하게 넘어지지 않고 멈추어 선 로라가 고글을 벗어 이마 위에 걸치며 숨을 몰아쉰다.

"그러게. 내가 같이 타자고 할 땐 보드가 더 폼 난다고 들은 척도 안 하더니……."

서운한 마음이 잔뜩 배어난 말을 뱉어 놓고 이내 후회한다. 하지만 뱉은 말을 주워 담을 수도 없는 일.

"내가 그땐 뭘 몰랐나 봐. 역시 은쏭쏭 말을 들어야 한다니까."

로라가 내 마음을 눈치채 줬으면 좋겠다는 심정으로 던진 말이었다. 눈치를 챘든 못 챘든 로라가 빈말로라도 내 말을 귀담아들었어야 한다고 하니 기분이 썩 나쁘진 않다. 내 표정을 확인한 로라는 싱긋 웃으며 다시 서로를 향해 말한다.

"서로야, 우리 한 번만 더 타고 쉴까?"

서로가 머뭇거리며 나를 쳐다본다. 나는 그저 어깨를 으쓱해 보인다. 어차피 반항은 소용없어, 호서로. 결국엔 로라 뜻대로 하게 될 거야. 그러니 괜히 힘 빼지 말고 순순히 로라 말을 따르렴. 서로는 내 몸짓이 말하는 바를 다 읽어 냈다는 듯이 힘없이 고개를 끄덕이더니 앞서가는 로라를 고분고분히 뒤따른다.

"어, 나도……."

장반지가 여전히 숨을 헐떡거리는 채로 로라와 서로의 등 뒤에 대고 황급히 말을 던진다. 하지만 장반지의 목소리를 들은 사람은 나밖에 없는 듯하다.

"아."

보아하니 장반지의 의지와는 달리 장반지의 몸은 스키를 더 탈 만한 상태가 아닌 것 같다. 땀범벅에, 팔다리 기운도 다 빠져 보이는데. 괜히 기운 빼지 말아야 할 사람이 여기 또 있네. 나는 짧게 한숨을 뱉으며 말한다.

"좀 쉬자. 따끈한 어묵 먹으면서."

푸드 코트가 있는 건물을 가리키자 장반지의 얼굴에 금세 화색이 돈다.

"흐, 너무 좋아. 아침에 먹은 미역국, 꺼진 지 오래거든."

장반지가 배를 문지르며 헤헤거린다. 우리는 나란히 푸드 코트로 향한다. 남궁결도 말없이 우리 뒤를 쫓아온다. 슬쩍, 장반지가 뒤를 돌아보더니 남궁결을 향해 요상한 표정을 지어 보인다. 눈을 찡긋거리는가 하면 코를 벌름거리기도 한다. 그 표정이 왜 이렇게 엉큼해 보이는지. 둘만 공유하는 뭔가가 있는 것 같기도 하고. 가만, 설마 둘이 뭔가 얘기를 나눈 건가? 불길한 예감이 든다. 아주 불길한 예감이…….

"너넨 자리 잡고 있어. 내가 가서 사 올게."

"오, 좋아."

남궁결이 돈도 내고 서빙도 하겠다며 나서자 장반지가 물개 박수를 치며 반긴다. 그러더니 저만치 걸음을 옮긴 남궁결에게서 시선을 떼고는 나를 향해 또 껌껌한 표정을 지어 보인다.

"뭐, 왜."

"아니, 그게……."

장반지가 양손의 손가락 끝으로 자신의 통통한 광대뼈 주변을 지그시 누르며 잔웃음을 친다.

"아아, 그게 말이야."

"됐어. 안 들을래."

나는 딱 잘라 말한다. 실실대는 장반지의 표정을 보니 어쩐지 들어서 좋을 말이 아닐 것 같다. 불길한 예감이 맞았다는 걸 장반지의 입으로 확인하고 싶지도 않고.

"흐응……."

내가 구석의 빈 테이블을 찾아 자리에 앉자 장반지도 팔짱을 낀 채 따라 앉아 의자 등받이에 등을 기댄다. 자신이 원하는 만큼의 반응이 나오지 않으니 꽤 심드렁해진 듯하다. 물론 그렇다고 장반지가 오랜 침묵을 견딜 수 있을 리 없다. 아니나 다를까, 잠시 푸드 코트 내 인파에 멍하니 시선을 주던 장반지가 불쑥 상체를 앞으로 기울이며 말한다.

"근데 말이야."

좀 전의 앙큼스러운 표정과는 사뭇 다른 표정이다. 눈을 가느다랗게 뜬 장반지가 입술에 힘을 주고서 속삭인다.

"뭔가 좀…… 느낌이 이상하지 않아? 어제부터?"

"무슨 느낌?"

"그냥 좀 이상해. 계속 누가 우릴 쳐다보고 있는 거 같고."

이 무슨 뜬금없는 소리인가.

"글쎄, 로라가 예뻐서 쳐다볼 순 있겠지. 아니면 남궁결이 멋있어서……."

말해 놓고 아차 싶어서 다급히 장반지와 눈을 맞춘다. 오해하지 마. 웃지도 말고. 하지만 이미 늦었다. 장반지의 얼굴은 이미 그 두 가지를 다 해 버린 듯이 보인다.

"으흐흐, 남궁결이 그렇게 멋있어?"

"내가 그렇게 생각한다는 게 아니라, 다른 사람들 눈에는 그렇게 보일 수 있다는 거지."

부질없는 변명이다. 장반지는 내 말을 귀담아들을 생각도 없는데.

"다른 사람들 눈에 뭐가 어떻게 보인다고?"

아, 하필 이럴 때 남궁결까지. 어묵이 한가득 담긴 대접을 쟁반에

받쳐 들고 선 채 남궁결이 능청스럽게 묻는다.

"아니, 장반지가 누군가 우릴 쳐다보고 있는 거 같다고······."

나도 참 뻔뻔스럽지. 자못 천연덕스럽게 다른 화제로 물타기 하는 나를 보는 장반지의 눈빛이, 아까 내가 장반지를 보던 눈빛과 비슷하다. 엉큼하고 앙큼한 이를 볼 때의 눈빛.

그런데 그때 남궁결이 뜻밖의 얘기를 한다.

"그거, 너도 느꼈어? 나도 수상해하던 참인데."

"아, 진짜? 역시 나만 느낀 게 아니었어."

어라, 그럼 진짜 누가 우릴 지켜보고 있단 말인가. 장반지의 말만으로는 믿음이 가지 않았지만 남궁결까지 말을 더하니 신뢰도가 높아진다.

"누군지 못 봤어? 대충이라도?"

장반지와 남궁결이 동시에 고개를 젓는다. 성별이나 나이, 키, 생김새 등 뭐 하나 제대로 본 게 없는 듯하다.

"뭔가 느낌이 싸해서 돌아보면 쏙 숨어 버리고, 어쩐지 뒤통수가 따가워서 돌아서면 홱 사라지고······. 몇 번 그러니까 그냥 내가 예민한가 싶더라니까."

"맞아. 난 아까 스키 탈 때도 느꼈어."

"나도, 나도······."

남궁결의 말에 장반지가 흥분한 듯 발을 구르며 동조한다. 나는 가만히 주변을 둘러본다. 도대체 누가 우리를 감시한다는 말인가. 무슨 이유로.

"너무 걱정하지 마. 내가 계속 살펴보고 있으니까."

남궁결이 검지와 중지로 브이 자를 만들어 자신의 두 눈과 내 두 눈을 번갈아 가리킨다. 경호원 자리라도 자처할 기세다. 그러자 장반지가 남궁결의 팔을 툭 치며 또 요상한 표정을 지으며 감탄한다.

"오호, 남궁결……."

남궁결은 머쓱해하는 기색조차 없다.

"맞다, 남궁결 너 싸움도 잘하지? 아이스하키 그거 몸싸움도 심하게 하고 그러지 않나?"

"무슨. 현실에서 주먹 쓰는 건 하수들이나 하는 짓이야."

"그럼 넌 고수야? 고수들은 어떻게 하는데?"

장반지의 질문에 남궁결이 씩 웃으며 대답한다.

"고수들은 바로 심판을 찾아서 따끔한 맛을 보여 달라고 하지."

"아침에 축하하고 점심에 축하하고 저녁에 또 축하해! 생일 축하해, 오로라!"

덕희 아줌마의 요란한 축하 인사와 함께 이번 여행 대망의 하이라이트, 저녁 식사 시간이 시작된다. 오로라 가라사대, 자고로 생일을 맞이한 자는 남녀노소를 불문하고 하루 종일 생일 축하를 받아야 한다. 아빠도, 덕희 아줌마도, 나도 예외가 될 수 없는지라 우리 넷은 일 년에 네 번, 축하만으로 가득한 날을 빠짐없이 챙겨 왔다. 축하를 받을 때마다 부끄러워하는 아빠도, 생일 챙기기를 귀찮아하는 덕희 아줌마도, 생일 파티에 별다른 감흥이 없는 나도 로라의 생일에 대한 집착만큼은 군소리 없이 존중해 주는 편이다. 로라가 왜 법석을 떨며 생일을 챙기는지 잘 알기 때문이다.

"와, 아저씨. 진짜 대단해요. 이거 다 아저씨가 차리신 거예요?"

말 그대로 상다리가 휘어질 정도로 차려 놓은 요리들을 보며 장반지가 입을 다물지 못한다.

"후후, 오늘은 손님들도 있으니까 더 신경 썼지. 잘 먹는 사람들 있으니까 얼마나 좋아. 요리하는 재미가 아주 말도 못해. 맨날 정성을 다해 만들어 봤자 죄 남아서 냉동실로 들어갔는데……."

아빠가 로라와 덕희 아줌마를 째려보며 말하자 로라가 손바닥을 아빠 쪽으로 내뻗으며 외친다.

"아저씨, 아저씨! 오늘 내 생일!"

축하 외 잔소리는 일절 사절이라는 뜻이다. 아빠가 입술 사이에 지퍼를 채우는 시늉을 하자 다들 호호 웃어 댄다.

"탕수육, 파스타, 보쌈, 궁중떡볶이, 잡채…… 뭐부터 먹어야 할지 모르겠어요."

서로가 배시시 미소를 지으며 식탁 의자에 앉는다. 서로가 자리에 앉자마자 날파람처럼 가볍고 빠르게 서로의 옆자리를 꿰찬 로라를 복잡한 심경으로 바라보고 있을 때, 남궁결이 내 팔을 잡는다.

"어?"

먼저 자리에 앉은 남궁결이 자신의 옆자리에 나를 끌어 앉힌다. 당황한 내 모습을, 맞은편에서 로라가 만족해하는 듯한 표정으로 지켜본다. 하지만 로라의 흡족함은 오래 가지 않는다. 서로의 옆얼굴에 잠깐 시선을 멈추었던 로라는 곧 나만큼이나 복잡해 보이는 얼굴을 하고서 그대로 굳어 버린다. 서로의 표정이 어떻길래.

"잠깐만, 잠깐만! 케이크에 불부터 붙여야지."

현관에서 아줌마가 케이크 포장 박스를 높이 쳐들고 들어선다. 근처 카페에 차를 몰고 가서 사 온 케이크다. 하얀 생크림으로 만든 눈사람과 설탕으로 만든 투명한 눈꽃 장식, 똥글똥글 빨간 열매 같은 구슬방울까지, 한겨울 생일에 이보다 맞춤한 케이크가 있을까. 영롱하게 빛나는 케이크의 자태에 다들 군침을 흘리며 손뼉을 친다. 그중 가장 크게 박수하는 사람은 아빠다. 오늘만큼은 아빠도 영양소나 칼로리 생각 안 하고 먹어 치울 기세다. 번잡한 틈을 타, 나는 슬쩍 서로를 쳐다본다. 나와 눈이 마주친 서로가 부드럽게 미소를 짓는다. 여느 때와 똑같은 미소에 마음이 놓인다.

아빠가 케이크에 꽂힌 초를 밝히며 묻는다.

"로라, 소원 빌었니?"

"잠깐, 잠깐! 지금 빌 거예요. 나 지금 소원 빈다!"

로라가 눈을 꼭 감는다. 덕희 아줌마가 거실 불을 끄자 알록달록 촛불 빛이 로라의 얼굴을 감싼다. 로라는 맞대었던 손가락을 움직여 깍짓손을 만든다. 로라는 지금 무슨 소원을 빌고 있을까. 지난

날 생일에 빌었던 소원들을 내게 빠짐없이 말해 주었듯 이번에도 숨김없이 이야기해 줄까.

"됐어요, 다 빌었어."

로라는 눈을 뜨자마자 고개를 돌려 서로를 바라보고는 생긋 웃는다. 나는 로라의 천연한 얼굴에 깃든 솔직함에 무뜩 겁이 난다. 매해 내게 어떤 소원을 빌었는지 말해 주던 얼굴, 좋아하는 사람이 생기면 당최 그 마음을 감출 줄 모르는 얼굴. 그 얼굴이 불식간에 해사하게 속내를 드러낼까 봐 마음을 졸인다. 아마도 지금 이 자리에 있는 사람들 중에 로라의 소원을 가장 궁금해하면서도 가장 알고 싶어 하지 않는 사람이 있다면 그건 바로 나일 것이다.

"그래, 그래. 그럼 이제 어서들 식사해."

케이크 먹을 생각에 신이 난 아빠가 빵칼을 집어 들며 말한다.

"앗, 저……."

그때 장반지가 손을 반짝 쳐든다.

"저…… 생일 선물을 준비했는데……."

"뭐? 선물 준비하지 않기로 약속했잖아."

로라는 정말로 놀란 듯이 보인다.

"별거 아니야. 비싼 것도 아니고……."

장반지가 품에 숨겨 두었던 작고 길쭉한 상자를 꺼내어 로라에게 건넨다.

"아, 진짜 이럴 필요 없다니까."

로라가 덕희 아줌마의 눈치를 보며 선물을 만지작거린다. 친구들 초대를 허락하는 대신 선물은 일절 받지 말아야 한다는 조건을 걸었던 사람이 아줌마이기 때문이다. 아줌마는 못 말리겠다는 듯이 가볍게 한숨만 내쉬어 보인다. 이번 한 번은 봐주겠다는 의미이다. 로라는 그제야 조심스럽게 선물 포장지를 뜯는다.

"어머, 만년필이네. 예쁘다."

예쁘긴 예쁘다. 유광의 빨간색 만년필. 만년필 뚜껑 테두리를 감싼 금색 링이 고급스럽게 반짝인다. 나는 슬쩍 장반지를 쳐다본다. 분명 고심하고 또 고심해서 골랐겠지. 기뻐하는 로라를 보니 고심한 보람이 있겠다 싶다. 로라는 만년필을 보자마자 사랑에 빠진 듯이 눈동자에 별을 가득 품고 중얼거린다.

"나 진짜 만년필 하나 가지고 싶었어."

"응. 알아. 그래서 준비했어. 로라, 너 웹 소설 작가 되는 게 꿈이잖아. 웹 소설을 만년필로 쓰진 않겠지만 상징적인 의미로……."

그 순간 정적이 맴돈다. 나는 얼른 덕희 아줌마의 반응을 살핀다. 아니나 다를까, 아줌마의 얼굴이 고새 딱딱하게 굳어 있다.

"뭐가…… 꿈이라고?"

장반지는 그제야 자신이 실수했다는 걸 알아차린 듯 양손으로 자기 입을 황급히 막는다. 그런데 로라는 의외로 전혀 동요하지 않는다. 덕희 아줌마의 목소리가 제법 싸늘해졌는데도 말이다. 그저 천천히 만년필을 다시 상자에 넣어 두고 아줌마의 시선을 맞대한다. 마치

이 상황을 수없이 상상해 본 사람처럼 차분해 보인다.

"웹 소설 쓸 거라고. 아니, 이미 꽤 썼어. 앞으로도 계속 쓸 거고."

"오로라 너…… 공부 뒷전으로 미룬 이유가 그거였어?"

"응. 나 대학도 안 갈 거야. 소설 쓰는 데 전념할 거라서."

"어쩐지 이상하다 했어. 맨날 핸드폰만 붙들고 있고. 너, 오로라, 진짜, 너……."

덕희 아줌마가 목덜미를 잡으며 의자 등받이에 몸을 기댄다. 아빠는 아줌마의 어깨를 도닥이면서도 쉬이 나서지 않는다. 로라가 하고자 하는 일은 뭐든 응원부터 해 주었던 아빠이니 이번에도 충분히 연유를 들어 본 후에 움직일 터이다.

할 수 없지. 그럼 내가 나서야지. 나는 순식간에 바뀐 분위기에 침만 꼴깍꼴깍 삼키고 있는 애들을 대신해 조심스레 입을 연다.

"아줌마, 오늘 로라 생일이잖아요. 심각한 얘기는 나중에……."

"아냐. 난 지금 했으면 좋겠어."

로라가 단호하게 말한다.

"왜 그래. 지금은 좀……."

우리끼리 있을 때 얘기하자. 지금은 다른 사람들이 많잖아. 그런데 로라는 내가 생각한 다른 사람들, 즉 나 외에 다른 친구들이 많아서 더 말할 용기가 난다는 듯이 어깨를 펴고 진지한 눈빛으로 덕희 아줌마를 응시했다.

"나, 엄마처럼 작가가 되고 싶어. 글을 쓰고 싶다고. 소설이든 드라마든 사람들을 울고 웃게 하는 이야기를 만들고 싶어. 솔직히 이런 내 마음, 엄마가 제일 잘 이해해 줘야 하는 거 아니야?"

"누가 글 쓰지 말래? 지금은 공부할 때라는 거지. 이것저것 보고 듣고 배우고 경험하고. 그래야 글도 써지는 거지, 무슨······."

"꼭 대학에 가야만 뭘 배울 수 있는 건 아니잖아?"

아줌마가 다시 목덜미를 잡는다.

"난 빨리 시작하고 싶단 말이야. 봐 봐, 다들 벌써 자기 길 걷고 있잖아. 은송이 자기 계획 확실한 거야 말할 것도 없고, 반지는 부모님 장사를 이어받을 준비를 하고 있어. 결이는 이미 아이스하키 선수로 활약하고 있고······."

"아니, 난······."

로라의 입에서 자신의 이름이 나오자 당황한 듯 손을 내저으며 끼어든 남궁결이 갑자기 입을 확 다물어 버린다. 그나저나 장반지가 벌써부터 부모님 장사를 이어받을 준비를 하고 있었다니······. 어쩐지 조금 대단해 보인다.

로라는 남궁결이 더 말을 잇지 않자, 서로에게로 시선을 돌린다.

"그리고 서로는······."

모두의 시선이 서로에게로 모인다. 생각해 보니, 나는 시간이 날 때마다 서로에게 내 꿈에 대해 늘어놓았는데 서로는 한 번도 내게 자신의 꿈을 털어놓은 적이 없다. 로라는 무슨 말을 하려는 걸까. 설마 나도 모르는 서로의 꿈을 로라는 알고 있다는 말인가? 로라와 서로를 바라보는 내 마음이 흔들리는 물결처럼 울렁거린다.

나와는 달리, 로라는 짐짓 여유 있는 몸짓으로 테이블 위에 팔꿈치를 올려놓고 턱을 괴며 묻는다.

"서로는, 꿈이 뭐야?"

뭐야. 로라도 모르는구나. 이런 데 안도를 느끼는 나 자신이 한심하면서도 서로의 입에서 어떤 말이 나올지 궁금해진다. 다들 귀를 쫑긋하고 있는 상황에서 난데없이 자신의 꿈을 밝혀야 하는 상황에 처한 서로가 딱하기도 하고.

"아, 나는……."

당황해할 줄 알았는데. 로라처럼, 서로 역시 제법 침착하다. 어째서일까. 요즘 들어 서로가 부쩍 달라졌다고 느껴지는 건……. 여전히 상냥하고 자상하지만 예전처럼 수줍어하고 내빼는 모습은 좀처럼 찾아보기 힘든 것 같다. 서로가 변한 건지, 내가 서로를 보는 시선이 변한 건지 헷갈린다. 그때 서로의 말간 눈빛이 나를 향한다.

"나도 큐비트 AI에 가고 싶어. 은송이랑 같이."

서로의 입에서 생각지도 못했던 말이 흘러나온다. 내가 잘못 들은 걸까? 제대로 들은 게 맞는 걸까? 어떻게 호서로 입에서 저런 말이 나올 수가 있지? 아니, 그보다 어떻게 그런 말을, 이렇게 많은 사람들 앞에서, 꼭 무슨 고백처럼, 말랑거리는 눈빛으로 할 수 있느냐는 말이다.

"허허, 소꿉친구가 다르긴 다르네."

아빠가 헛기침을 하며 끼어들지만 분위기를 바꾸는 데에는 성공하지 못한다. 미안하지만 지금은 아빠가 끼어들 틈이 없다.

"도은송 너는? 너는 어떤데?"

도은송. 은송이도 은쏭쏭도 아닌 도은송. 로라의 입에서 나온 내 이름이 마냥 생경하게만 느껴진다. 나는 왜 그런 질문을 꼭 지금 던져야겠냐고, 원망하듯이 로라를 쳐다본다. 하지만 로라는 내게 자비를 베풀 생각이 조금도 없다는 듯이 재촉한다.

"너도 서로랑 같이 미국에 가고 싶어? 단둘이?"

"나도……."

나도 서로랑 함께 가고 싶어. 서로를 향한 내 마음이 정확히 어떤 마음인지는 아직 잘 모르겠지만 서로가 나와 함께하고 싶다는 말을 들으니 기뻐. 또박또박, 그렇게 말하고 싶다. 하지만 바로 입이 떨어지지 않는다.

"이야, 좋네. 다들 꿈이 커."

내가 우물쭈물하는 틈을 놓치지 않고 남궁결이 과장된 목소리로 감탄한다.

"이제 먹어도 되죠? 너무 배고픈데……."

아빠는 분위기를 바꾸는 데 실패했지만 남궁결은 성공할 것 같기도 하다.

"그럼그럼. 음식 다 식겠다. 어서들 먹어."

남궁결이 일부러 동작을 크게 하며 수저를 들자 아빠가 기다렸다는 듯이 손짓하며 응수한다. 하아, 다행이다. 지금 이 순간만큼은, 남궁결에게 고마운 마음이 든다. 나조차도 백 퍼센트 확신하지 못하는 내 마음을 남들 앞에서 꺼내 보이게 될까 봐 두려웠는데, 남궁결 덕에 시간을 벌지 않았는가. 지금 보니 남궁결도 꽤 괜찮은 아이인 것 같아. 태연히 식사하는 남궁결을 곁눈질하면서 그렇게, 한시름 덜고 가붓이 한 수저 뜨려는데…….

"근데 서로야, 은송이가 같이 가고 싶어 하는 사람은 따로 있을걸. 은송이…… 좋아하는 사람 있거든."

꽝. 내 안에서 진짜로 꽝 소리가 울린다. 마음속에서 난 소리가 귓바퀴에서 메아리친다. 오로라, 너 도대체 무슨 생각으로 이러는 거야? 나는 황급히 서로를 쳐다본다. 서로는 해석이 불가능한 외계어라도 들은 듯한 얼굴을 하고 있다.

"은송이가…… 좋아하는 사람이 있어?"

아빠가 눈을 끔뻑거리며 묻는다. 그러자 더 묻지 말라는 듯 덕희 아줌마가 아빠를 툭 치며 말한다.

"좋아하는 사람이 있을 수도 있지, 뭘 그래. 근데 로라 너, 은송이 마음에 대해서 그렇게 함부로 얘기하면 어떡해? 그거, 배려심도 없고, 경솔하기 짝이 없는 행동이야."

"흥. 답답하니까 그렇지, 답답하니까. 엄마랑 아저씨만 봐도 그래. 우리가 은송이네 아파트로 이사 온 지 벌써 10년이 훌쩍 넘었어. 근데 처음이랑 달라진 게 뭐가 있어? 도대체 왜 아직도 꾸물거리는 거야? 그러다 누구 한 사람 먼저 애인이라도 생기면, 감당할 자신 있어?"

 오늘 무슨 판도라의 상자라도 열리는 날인가. 결계가 풀린 듯 말을 쏟아 내는 로라를, 아무도 말리지 못한 채 입을 떡 벌리고 쳐다보고만 있다. 붉으락푸르락 부아가 치민 덕희 아줌마의 얼굴과 난처함에 어쩔 줄 몰라 하는 아빠의 얼굴을 보니 조금 전 내가 로라에게 당한 횡포는 상대적으로 약한 듯이 느껴지기까지 한다.

"너 그게 무슨……. 할 말 있으면 집에 가서 얘기해."

 덕희 아줌마의 노기 띤 목소리에도 로라는 꿈쩍하지 않는다. 이제야 비로소 나는 내가 왜 로라의 솔직함에 겁먹었는지 깨닫는다. 솔직함과 용기가 만났을 때 반드시 멋진 결과만 있는 게 아니라는 걸, 어렴풋이 예감하고 있었던 것이다.

"난 정말 이해 못 하겠어. 자기 마음에 솔직한 게 그렇게 어려워? 난 있잖아. 호서로를 좋아해."

 기어코 서로에게 고백까지 하다니. 오로라, 이제 짝사랑만 할 거라며, 이렇게 금세 마음을 전해 버리면 어떡해? 아무래도 로라가 생각하는 짝사랑과 내가 생각하는 짝사랑은 달라도 너무 다른 것 같다.

"어……?"

 당황한 서로는 로라를 쳐다보지도 못하고 애꿎은 컵만 만지작댄다. 로라는 그런 서로의 옆얼굴을 빤히 쳐다본다. 애타는 것 같기도 하고, 실망한 것 같기도 하고, 후련한 것 같기도 한 얼굴을 하고서.

그때, "역시, 오로라 정말 멋있어."라고 장반지가 감탄하며 말한다. 지금 로라의 행동이 멋있어 보인다니, 역시 사람 생각은 다 똑같지 않나 보다. 장반지는 로라에게 홀딱 반한 것 같은 표정으로 눈동자를 반짝인다.

"뭘……."

로라는 장반지의 반응을 살짝 부담스러워하는 것 같다. 하지만 장반지는 로라가 보여 준 멋짐이야말로 자신에게 꼭 필요했던 것이라 여기는 듯하다.

"나도 말하고 싶은 게 있어."

장반지의 어깨가 떨린다. 애써 씩씩한 척하며 양어깨 위로 솔직함과 용기라는 갑의를 둘렀지만 빠짝빠짝 타들어 가는 마음은 어쩔 수 없는 것처럼 보인다. 무슨 말을 하려고 그렇게 긴장하고 그래, 장반지. 모두들 숨을 죽이고 장반지의 입에서 나올 말을 기다린다. 이윽고 장반지의 앞 목이 꿀렁거린다.

"나, 사실은……."

장반지가 로라를 빤히 쳐다보며 말한다.

"……널 좋아해."

"뭐?"

"널 좋아한다고, 오로라. 내가 짝사랑하는 사람은 바로 너야."

사랑의 화살이 모두 제멋대로 엇갈려 버린 밤. 어쩐지 덕희 아줌마의 드라마 속에 들어온 것만 같다.

7

01 12
심판의 사랑

"이번 생일엔 내가 엄마를 축하해 줄 거야."

한 달 전쯤이던가. 로라가 다짐하듯 말했다. 생일 때마다 온 세상 축하를 갈구하는 듯이 보였던 로라가 그런 말을 하다니 좀 뜻밖이었다. 누구의 축하도 받지 못한 채 태어났다고 믿는 로라는 매해 생일이면 반복되는 허기가 느껴진다고 했다. 그 허기를 잊기 위해 요란한 생일 파티와 쏟아지는 박수 소리가 필요하다고도 했다. 덕희 아줌마와 아빠 그리고 나, 우리 셋은 로라의 허기를 이해했다. 아니, 이해하려고 노력했다. 1년에 한 번 로라를 위해 오직 축복만이 가득한 하루를 만드는 건 로라에 대한 우리의 마음을 증명하는 일이기도 했다. 로라가 여전히 허전함을 느끼면 더 맹렬히 축하를 쏟아부었고, 로라가 만족해하면 우리도 만족했다. 그건 우리의 암묵적인 연례행사였다. 그러니 로라가 자신이 받을 축하보다 엄마를 위한 축하를 먼저 생각하는 건 의외의 일이 아닐 수 없었다.

"얼마 전에 엄마가 쓴 드라마를 보는데…… 왜, 알잖아. 재작년에 폭삭 망한 드라마. 거기에 아이가 태어나는 장면이 나오거든. 엄마 드라마가 좀 그렇잖아. 복잡한 사연이 말도 안 되게 얽히고설키고……. 사실 아무도 그 아이의 탄생을 축하해 주지 않을 것 같은 상황이었거든. 근데 놀랍게도 아이가 태어나자마자 주변의 모든 사람들이 말 그대로 춤을 추고 노래를 부르며 아이와 아이 엄마를 축복해 주는 거야. 의절했던 가족들이 천사 같은 표정을 하고 찾아오고, 병원 직원들이 한마음 한뜻으로 보살펴 주고, 지나가던 행인이 텀블링을 하면서 꽃을 건네주고……. 너무 웃기지 않아? 뮤지컬 형식의 드라마도 아니었는데, 정말 뜬금없이. 맥락도 없고. 역시 막장의 대가라고 욕도 많이 먹었지. 그런데 있잖아. 난 그 장면에서 울음이 터지고 말았어. 모르겠어. 왜 그랬는지 모르겠는데, 그냥 막 눈물이 나더라고. 진짜 펑펑 울었다니까. 사실 슬픈 장면일 리 없잖아. 근데…… 아이를 안고 있는 엄마 얼굴이 너무 해맑아 보이는 거야. 그게 그렇게 눈에 밟히더라고. 세상 축하 다 받으면서 행복하게 웃는 얼굴이, 이상하게 슬퍼 보였어. 그때 그런 생각이 들었지. 아, 17년 전 내 생일에 가장 외로웠을 사람은 내가 아니라 엄마구나. 우리 엄마 정말 힘들었겠다."

누군가가 이런 얘기를 당신에게 털어놓으면 당신은 평생 그 사람을 이해하기 위해 노력할 수밖에 없다. 그 사람이 무엇을 망치든 당신은 그 사람을 망칠 수 없다. 나에겐 로라가 그런 사람이다.

　밤새 뒤척이다 일어났더니 온몸이 찌뿌둥하다. 간밤의 요란한 파티가 끝나고 남은 건 어색한 침묵뿐, 아무도 지난밤에 오간 말에 대해 언급하지 않는다. 장반지는 눈이 퉁퉁 부은 채 기지개를 켜고, 남궁결은 손바닥으로 눈을 꾹꾹 누르며 피곤해하고, 로라는 아침부터 모자를 눌러쓴 채 얼굴을 가리고, 서로는 평소보다 낯빛이 더 허예져서 흡사 유령 같다. 그래도 하던 대로 순서를 지켜 욕실을 사용하고, 주스를 나눠 마시고, 옹기종기 소파에 모였다가 하나둘씩 베란다에 나가 스트레칭도 하지만 제대로 된 대화는 하나도 오가지 않는다. 덕희 아줌마와 아빠도 마찬가지다. 덕희 아줌마와 아빠의 입에서 나오는 말들은 모두 이곳을 떠나기 위해 해야 하는 일들에 대해서이다.
　"짐 챙겨 놓고, 아침은 나가서 간단히 먹고 오자."
　덕희 아줌마의 말에 우리는 고개를 끄덕이고 각자 짐을 싼다. 분주한 채비마저도 부담스럽게 느껴지는 아침, 나릿하면서도 너무 느리지 않게 움직인다. 아무 일도 없었다는 듯 태연히 행동할수록 더욱 부자연스러워 보일 뿐이지만 지금으로서는 이게 최선이다. 서로 눈치를 보되 아무 눈치도 보지 않는 것처럼 굴어야 한다. 다들 눈치껏 적당히 짐을 꾸리고 오르르 숙소를 나선다.
　"날씨는 또 왜 이래."
　끄물끄물 흐린 하늘을 보며 로라가 한숨을 쉰다. 어제보다 하늘이 더 희뿌윰하다. 오늘은 눈이 내리려나. 나도 모르게 남궁결에게 시선이 간다. 만약 어제 눈이 내렸으면 무슨 말을 했을까. 하지만 이내 롱패딩에 달린 커다란 모자를 뒤집어쓰며 중얼거린다. 알 게 뭐야. 지금 그게 중요해? 지금 중요한 문제는…….

"춥지? 장갑은 왜 안 끼고 나왔어."

뒤에 서 있던 서로가 내 옆으로 쓱 다가와 자신의 초록색 장갑을 건네준다. 어제 그 난리통을 겪고도 평온해 보이는 서로의 얼굴을 마주하자, 지금 중요한 문제가 도대체 뭔지 제대로 생각해 낼 수가 없다. 전날 일어난 모든 일이 마음에 걸리다가도 그게 뭐 그리 대수랴 싶은 마음도 든다.

"너도 손 시리잖아."

"아냐. 난 괜찮아."

"괜찮긴……. 그럼 한 짝만 줘."

나는 서로의 오른쪽 장갑만 받아 든다. 그런데 그때 남궁결이 성큼 다가서더니 자기 장갑 한 짝을 건네며 말한다.

"그럼 왼쪽은 내 거 껴라."

서로의 투명한 눈빛이 남궁결을 향한다. 남궁결도 서로의 시선을 피할 생각이 없어 보인다. 나는 얼른 남궁결이 준 빨간색 장갑을 받아 왼손에 낀다. 더는 안 돼. 어색한 상황은 이제 제발 그만……. 둘이서 눈빛으로 무슨 대화를 하고 있는지 알 길도 없고 알고 싶지도 않다. 나는 그저, 이쪽을 쳐다보며 엉큼한 표정이 튀어나오려는 걸

애써 누르는 듯한 장반지 옆에서 캡을 눌러쓰고 긴 머리카락만 하릴없이 흩날리고 선 로라의 마음이 궁금할 뿐이다.

"먼저들 푸드 코트 가서 김밥이랑 우동 사 먹고 있어!"

뒤편에서 덕희 아줌마가 팔짱을 끼고 몸을 웅크린 채 따라오며 외친다. 한 팔 거리로 떨어져 선 아빠와 억지로 보폭을 맞춰 걷는 모습이 영 어색해 보인다. 덕희 아줌마와 아빠 사이를 지나는 바람이 둘 사이를 더 갈라놓으려는 듯 쉭쉭거린다. 나는 짝짝이 장갑을 낀 두 손을 마주 잡으며 간밤의 일이 두 사람에게 짜릿한 반전이 되길 바라 본다. 이 마당에 바랄 수 있는 게 그것밖에 더 있겠는가.

"난 떡볶이에 콜라 먹어야지."

장반지가 짐짓 너스레를 떨자 로라가 모자챙에 가려진 시야를 넓히려 턱을 치켜들고 묻는다.

"아침부터?"

장반지와 로라 사이에 맴도는 어색함은 덕희 아줌마와 아빠 사이의 그것과는 좀 다른 느낌이다. 다들 저마다 각자의 방식대로 간지러운 상황을 헤쳐 나가고 있는 것 같다.

"난 콜라를 먹어야 속이 시원해져. 콜라엔 역시 떡볶이고."

"장반지 너도 우리 떡볶이 모임에 들어와야겠다."

남궁결이 씩 웃으며 끼어든다. 그 모습을 보니 슬쩍 헛웃음이 나온다. 우리가 언제 모임씩이나 만들었다고.

"그런 모임이 있어? 그럼 내가 빠질 수 없지. 앞으로 떡볶이 먹을 때 꼭 나 불러."

정말 우리 다섯이 계속 같이 만날 수 있을까. 앞으로 다 함께 어울릴 수 있을까. 남궁결과 장반지의 대화를 듣는데 안심이 되기도 하고 의심이 들기도 한다. 나만 이런 건 아닌 듯 로라와 서로도 묘한 표정을 지은 채 타박타박 걷고 있다.

그런데 그때, "어?" 하며 장반지가 저편 푸드 코트 근처를 쳐다보며 남궁결의 팔을 툭 친다.

"너도 봤어?"

"응."

남궁결의 눈빛이 순식간에 바뀐다.

"뭔데?"

로라가 묻는다.

"저기, 기둥 뒤에 숨은 거 같은데······."

마치 누가 엿들을까 봐 걱정된다는 듯이 장반지가 목소리를 한껏 낮춘다.

"누가 숨었는데?"

서로가 남궁결 옆으로 다가가 고개를 모로 기울인다.

"가 보면 알겠지."

남궁결이 패딩 점퍼 주머니에 손을 찔러 넣고는 기둥 쪽으로 성큼성큼 걸어 나간다. 장반지도 냉큼 따라나선다. 나는 뚫어져라 기둥을 쳐다본다. 만약 누군가 기둥 뒤에 숨었다면 독 안에 든 쥐나 마찬가지다. 자리를 옮기려 한다면 정체를 들킬 테고, 가만히 숨어 있으려 한다면 잡히고 말 테니까. 기둥 근처에 달하자 남궁결과 장반지는 서로 눈짓을 주고받으며 기둥의 좌우로 갈라져 다가간다. 어느 쪽으로 달아나려고 하든 붙잡고야 말겠다는 의지가 엿보인다. 언제부터 저렇게 둘이 호흡이 잘 맞았지. 나는 한 팀처럼 움직이는 남궁결과 장반지에게 감탄하고 만다.

"쟤네 도대체 뭐 하는 거야?"

로라가 머리를 갸우뚱 기울이며 말한다. 내게 묻는 건지 서로에게 묻는 건지 아리송하다. 로라는 자신에게 마음을 고백한 장반지보다 나를 더 어색하게 대하는 것 같다.

"나도 잘 몰라. 근데 계속 누군가 우릴 지켜보고 있는 것 같다고 그러더라고……."

에라, 모르겠다. 나는 그냥 내게 물었다고 생각하고 씩씩하게 대답한다. 로라가 장반지보다 나를 더 어색하게 느끼는 것만큼은 참을 수가 없다.

"우릴? 누가 왜……."

그런데 로라는 이런 내 노력을 아는지 모르는지, 내 쪽으로는 눈길도 주지 않은 채 홀린 듯이 기둥 쪽으로 향한다. 자연스레 그 뒤를 따르는 나를 향해 서로가 팔을 뻗는다.

"조심해."

서로가 내 팔목을 잡으며 말한다. 센 듯 세지 않은 듯 나를 이끄는 서로의 손힘엔 주저함이 없다. 나는 한 발자국 앞서 걷는 서로에게 얼떨결에 딸려 가며 말한다.

"조심은 무슨……. 내가 조심할 게 뭐 있어."

기둥 뒤 숨은 사람이 누구인지 알진 못하지만 적어도 그 사람이 나를 노리던 게 아니라는 건 확신한다. 누가 날 몰래 지켜보겠는가. 하지만 서로는 내 말을 들은 체 만 체한다. 조심해서 나쁠 것 없다는 생각 같기도 하고 조심해야 마땅하다는 주의 같기도 하다. 어쩐지 과보호를 받는 아이가 된 듯하지만 일단은 더 움직이지 않고 목만 길게 뺀 채 상황을 살핀다. 서로의 어깨 너머로 기둥 근처에서 주저하는 듯한 로라의 뒷모습과 마침내 기둥 양옆에 도달한 남궁결과 장반지의 모습이 보인다.

"왜 다들 가만히 있지?"

아무래도 뭔가 이상하다. 빨리 가까이 가서 봐야겠어. 서로가 아무리 내 걱정을 한다 해도 이 상황에서 나만 가만히 있을 순 없다. 내가 서로를 제치고 앞지르자 이번엔 서로의 몸이 내게 딸려 온다.

"아는 사람이야, 로라?"

남궁결이 굳은 얼굴로 선 로라에게 묻는다. 나는 로라의 대답을 기다리지 못하고 기둥 뒤로 향한다. 도대체 누굴까. 고개를 숙인 채 기둥에 등을 대고 선 남자애……. 마르고 키 큰 체형이 어쩐지 낯익다.

"어? 이 사람 분명 본 적 있는데……."

장반지가 고개를 갸우뚱하다가 소리친다.

"기억났어! 어디서 봤는지…… 얘…….."

그래. 그 순간 나도 정확히 기억이 나 버렸다.

"로라 전 남친이야! 뭐야, 얘…… 지금까지 로라를 따라다녔던 거야?"

장반지가 황당함을 숨기지 못하고 목소리를 떤다. 로라의 전 남자 친구, 지찬기는 고개를 푹 숙인 채 아무 말도 하지 못한다. 나는 얼른 로라의 상태를 살핀다. 여러 가지 감정이 소용돌이치는 듯한 로라의 얼굴을 보니 안쓰러운 마음이 든다. 우리 모두 황당하기야 매한가지이지만 로라야말로 얼마나 황당하기 그지없을까. 황당함을 넘어, 무서운 마음도 들지 않을까.

그때 남궁결이 지찬기 앞으로 우뚝 다가서며 인상을 쓴다.

"전 남친이 2박 3일 동안 몰래 따라다녔다고? 스토커처럼?"

"스토커 아니야. 그런 거 아니라고. 그냥 좋아해서 그런 거야."

지찬기는 여전히 고개를 들지 못하고 어깨를 부들거리며 목소리를 쥐어짜 낸다.

"좋아한다고 몰래 미행하고 그러는 게 스토커 아니야?"

"그냥 멀리서 좀 지켜본 거뿐이잖아. 그게 무슨 스토커야?"

남궁결의 얼굴은커녕 로라의 얼굴조차 제대로 쳐다보지 못한 채 바닥에 시선을 박은 지찬기의 모습이 무척이나 초라해 보인다. 그때 로라가 하얗게 질린 얼굴로 지찬기에게 다가서며 말한다.

"너…… 이러지 않기로 했잖아. 다시는 안 그런다며."

설마 크리스마스이브에 카페에 찾아온 일 말고도 비슷한 일이 또 있었던 걸까.

로라의 눈동자가 떨린다. 그 떨림이 내 마음을 흔든다. 흔들리는 마음속에, 그동안 왜 나한테 말하지 않았을까 하는 서운함보다 혼자 얼마나 힘들었을까 하는 안타까움이 더 크게 자리 잡는다.

"로라 네가 안 만나 주니까 그러지! 만나 주면 안 이러잖아, 내가……."

또 그 표정이다. 나는 크리스마스이브에 카페 문밖에 서 있던 지찬기의 표정을 떠올린다. 세상에서 자기가 제일 불쌍하다고 여기는 듯한 표정.

"그래. 여자애들이 좀 콧대 높게 굴어야지. 한 번 만나 주는 게 뭐 그렇게 어렵다고, 그치?"

지찬기의 말을 도저히 못 들어 주겠다는 듯이 인상을 구기던 남궁결이 불쑥 장단을 맞추듯 대꾸한다. 하지만 우리는 남궁결이 명백한 반어법으로 빈정대고 있음을 모르지 않는다. 그걸 모르는 사람은 남궁결에 대해 잘 모르는 로라의 전 남자 친구밖에 없다.

"맞아! 좋다고 만날 땐 언제고, 갑자기 멋대로 헤어지자는 게 말이 돼? 왜 그렇게 자기 멋대로 굴어? 사귈 때 합의해서 사귀었으면 헤어질 때도 마찬가지 아니야? 서로 합의가 안 되면 못 헤어지는 거야. 그걸 로라 쟤가 모르니까……."

남궁결이 자신과 생각이 같다고 착각한 지찬기의 얼굴에 화색이 돈다.

"따끔하게 가르쳐 줘야 한다고?"

"그렇지!"

이렇게 뜻이 잘 맞을 수 없다는 듯 쾌재를 부르며, 남자애가 마침내 고개를 쳐든다. 하지만 남자애를 기다리는 건 무섭도록 무겁게 가라앉은 남궁결의 싸늘한 눈빛뿐. 남자애는 그제야 여기서 자신에게 동조해 줄 사람이 아무도 없다는 걸 깨달은 듯이 어깨를 축 늘어뜨린다.

"너야말로 따끔하게 혼 좀 나 봐야겠다."

지찬기의 몸이 흠칫거린다. 남궁결이 손가락 하나 까딱하지 않았는데도. 아마 지찬기는 남궁결의 말뜻을 또 다르게 받아들였을 것이다. 그치만 나는 안다. 남궁결은 주먹을 쓰기보다 심판을 찾을 거라는 사실을. 나는 장반지와 은밀히 시선을 교환하며 속웃음을 짓는다. 남궁결과 장반지. 결코 이 두 사람과 가까워질 일이 없을 거라 여겼는데……. 짧은 시간 동안 서로에 대해 아는 게 꽤 많아진 듯하다. 문득 만약 우리를 자료 삼아 친구 찾기 알고리즘을 만든다면 지금 우리들 각자의 꼭짓점을 잇는 선들이 과연 어떻게 이어질지, 그 선들이 우리의 이 풋내 나는 친밀도를 제대로 계산해 낼 수 있을지 궁금해진다.

그런데 그 순간 어느새 지척에 다가선 덕희 아줌마와 아빠가 기둥 뒤를 가리키며 묻는다.

"누가 혼나야 한다고?"

심판의 등장으로 사건은 급물살을 타고 파헤쳐졌다.

알고 보니 지찬기는 혼자 스키장에 온 게 아니었다. 생일 때마다 스키장에 간다고 했던 로라의 말을 기억해 낸 지찬기가 갑자기 스키를 타고 싶다며 부모님을 졸라 가족 여행을 왔던 것이다. 지찬기의 부모님은 아들이 무슨 짓을 했는지 듣고는 아연실색하여 입을 다물지 못했고, 부모님이 연신 허리를 굽혀 사죄하는 모습을 본 지찬기는 급기야 울음을 터뜨렸다. 하지만 덕희 아줌마는 지찬기의 눈물 따위에 약해지지 않았다.

"여기서 끝났다고 생각하지 마. 사과와 반성도 중요하지만, 잘못엔 벌이 따르는 거야."

우리는 아줌마가 정말 멋진 심판이라고 생각했다. 로라에게 내린 처사에 대해서는 조금 갸우뚱했지만.

"나 일주일 동안 외출 금지야."

로라의 푸념을 듣고 처음엔 아줌마의 판결이 이해가 되지 않았다. 왜 로라가 혼이 나야 한다는 말인가. 근데 그 일주일을 가까이에서 지켜보고 나니 비로소 아줌마의 마음이 이해되었다. 그건 로라가 받는 벌이 아니었다. 심판이 심판다워지기 위한 방법이었다. 덕희 아줌마야말로 로라에게 반성과 사과를 전할 시간이 필요했던 게 아닐까.

두 사람은 일주일 동안 길고 긴 이야기를 나누었다고 한다. 로라는 엄마와 이렇게 긴 시간 서로에게만 집중한 적이 처음이라고 했다. 아침에 눈 뜨자마자 서로를 찾고, 서툰 솜씨로 함께 먹을거리를 만들고, 이야기를 나누다 낮잠을 자고, 같은 드라마를 보고, 같은 웹 소설을 읽고……. 로라가 정확히 어떤 말들을 아줌마에게 털어놓았는지는 모른다. 어쩌면 자기 아빠에 대해 물어봤을 수도 있겠지. 아닐 수도 있고. 아무튼 아줌마는 로라의 연애에 대해서, 로라가 하고 싶은 일에 대해서, 그리고 로라에 대해서 전보다 훨씬 많이 알게 되었을 것이다.

- 아 참, 뒤늦은 축하도 전했지. 그동안 생일 때마다 내가 받았던 축하, 엄마한테 다 날렸어.

사랑을 한다는 건 얼마만큼의 노력이 필요한 일일까. 나는 한참 동안 로라의 메시지를 물끄러미 쳐다보며 생각했다. 내가 사랑하는 두 사람이 서로를 더욱 사랑하고자 노력해서 얼마나 다행인가, 하고.

8

01 18
눈이 내리면

　참 신기한 일이다. 스키장에서 돌아온 지 며칠이나 되었다고 길거리에서 우연히 장반지와 맞닥치다니. 장반지가 우리 집 근처 편의점에서 아르바이트를 한다고는 했지만 지금까지 단 한 번도 오가며 마주친 적이 없었는데. 물론 설령 어쩌다 마주쳤더라도 제대로 인사나 나눴을까 싶지만……
　나는 두세 걸음 떨어진 곳에서 나만큼이나 주뼛거리며 걸음을 멈춘 장반지에게 먼저 인사를 건넨다.
　"알바하러 가는 길이야?"
　이제야 뭐 얼렁뚱땅 못 본 척 지나치기도 어려운 사이지. 같이 여행도 다녀오고, 뜻하지 않게 마음속 얘기도 듣고, 스토커 사건까지 함께 겪은 사이니까 말이다.
　"아니…… 방금 끝났지."

덜레덜레 다가오는 장반지의 손에 콜라 캔이 들려 있다. 춥지도 않나. 나는 빨갛게 언 장반지의 손가락과 허옇게 핀 장반지의 손등을 흘끔 살핀다.

"너 그러다 감기 걸린다."

내가 장갑 낀 손으로 콜라를 가리키자 어깨를 으쓱하며 대답한다.

"나 걱정해 주는 거야?"

뭐 이제 이 정도 걱정은 해 줄 수 있지 않나. 그치만 장반지에게 이런 생각을 소리 내어 전하고 싶진 않다. 나는 장반지처럼 어깨를 으쓱해 보인다.

장반지가 피식 웃으며 말한다.

"내가 말하지 않았나? 난 콜라를 마셔야 속이 뚫린다고. 내 말, 귀담아듣지 않았구나?"

장반지는 내가 자신에게 관심이 없다고 확신하듯 말한다. 오해도 이런 오해가 없다. 그동안 나만큼이나 장반지의 말과 행동을 꼼꼼히 지켜보며 데이터를 축적한 사람이 있을까. 비록 반감에서 비롯된 관심이었다 해도 말이다.

나는 망설이다가 묻는다.

"속이…… 자주 답답해?"

내가 자신을 대하는 태도가 평소와 좀 다르다고 느꼈는지, 콜라를 마시던 장반지가 곁눈으로 나를 쳐다본다.

"답답하지. 요즘 특히 답답하지. 로라가 뭐 말한 거 없어?"

"아니, 전혀."

여행에서 돌아온 이후 로라는 장반지에 대해서도 서로에 대해서도 그리고 나에 대해서도 아무 말도 하지 않았다. 외출 금지 기간이라 메시지만 주고받긴 했지만 그래도 엄마와 보낸 시간들에 대해서는 곧잘 얘기해 주었는데.

"나한테도 마찬가지야. 그러니 내가 답답해 안 답답해."

장반지가 한숨을 폭 내쉰다. 장반지는 로라에게서 어떤 말이든 빨리 듣고 싶어 하는 것 같다. 하지만 나는 우리가 보낸 시간들에 대한 로라의 침묵에 안도하는 사람이다. 나는 로라의 메시지 하나하나에 배어 나오는, 어색하지 않으려고 애쓰는 어색함을 못 본 척 넘겨 버리며 이대로 로라의 침묵이 길어져 우리를 어색하게 만들었던 모든 이유들이 잊히고 사라지길 바란다.

"그날 내가 한 말 때문에…… 많이 놀랐지?"

장반지가 뚱하니 묻는다. 나는 물끄러미 장반지를 쳐다본다. 나와 너무도 다른 장반지. 언제나 내 신경을 긁는 장반지. 내가 장반지에게 늘 은은한 거부감을 느끼듯 장반지 역시 내게 비슷한 감정을 느끼겠지. 아마 우리가 서로에게 온전히 적응하기까지는 적잖은 시간이 필요할 것이다.

"그냥, 뭐, 별로, 좀……."

나는 장반지의 말투를 흉내 내 제법 뚱하게 대꾸한다.

"놀랐다는 거야, 안 놀랐다는 거야."

장반지가 또 한 번 피식대더니 열없이 중얼거린다.

"난 사실 그냥…… 로라랑 대화를 나누고 싶은 거뿐인데…….''

"무슨 대화?"

"무슨 대화겠냐."

좋아하는 마음을 두고 어떤 말들을 나눠야 할까. 내가 정말 모르겠다는 표정으로 장반지를 쳐다보자 장반지가 고개를 절레절레 흔들며 말한다.

"당연히 내 마음에 대해서 얘기하고, 로라 마음에 대해 듣고 싶은 거지."

"그게 다야? 결국은 로라랑 사귀고 싶은 거 아니야?"

"아, 몰라. 나도 아직은."

"네 마음도 잘 모르면서 고백을 한 거야?"

"좋아하니까 좋아한다고 한 거지."

장반지가 다시 콜라를 꿀꺽꿀꺽 마시더니 한 손으로 빈 캔을 찌그러뜨리며 말한다.

"너 칼로 물 벨 수 있어?"

"뭔 소리야, 갑자기."

"지금 내 마음이 그렇다는 소리야. 정확한 선이 없어. 여기까지인가, 여기까지인가 하는데 그런 거 같기도 하고 아닌 거 같기도 해. 어떨 땐 매일매일 마음이 커 가는 거 같고, 어떨 땐 그냥 이 정도인가도 싶어. 설레서 좋을 때도 있는데 설레서 무서울 때도 있고. 한 발 더 가까워지고 싶다가도 한 발 뒤로 물러나고도 싶어. 도은송 네가 보기엔 이런 내가 좀 이상하지?"

아니, 전혀 이상하지 않다. 오히려 장반지의 말에 전적으로 공감하며 듣는 중이었는데…….

"이상하겠지. 너처럼 누군가를 좋아하는 마음이 확실한 사람들은 내 마음이 이해가 안 될 거야."

"뭐?"

"남궁결 말이야. 넌 남궁결 좋아하잖아."

아…… 내가 어쩌자고 그런 거짓말을 했을까. 장반지는 좋아하는 마음에 대해서도, 혼란스러운 마음에 대해서도 이렇게나 솔직한데 나는 왜 그렇게 감당도 못 할 가짜 마음을 꾸며 둘러댔을까. 이제라도 사실대로 털어놓자. 지금이라도 모두 원점으로 돌려놓자. 아직 늦지 않았을 거야, 아직은…….

나는 입술을 달싹이다 말을 꺼낸다.

"그게 사실은……."

그런데 뜻밖에도, 장반지가 내 말은 더 들어 볼 것도 없다는 듯한 태도로 뻐기며 말한다.

"너, 남궁결이랑 사귀면 다 내 덕인 줄 알아."

"그게 무슨 소리야?"

장반지의 엉큼한 표정은 언제나 불길함을 동반한다.

"내가 남궁결한테 말했거든."

"뭘?"

"도은송이 너 좋아한다고."

"야, 너!"

장반지, 너 진짜 끝까지 이런다고? 어떻게 이렇게까지 나랑 엇나갈 수 있어? 하지만 바락 성이 난 내 모습에도 장반지는 전혀 움츠러들지 않는다. 자신이 나를 도와줬다고 생각하는 게 분명하다.

"남궁결 좋아한다면서 맨날 호서로랑만 붙어 다니고, 정작 남궁결한테는 표현 한 번 제대로 못 하고……. 봐, 너 지금도 장갑 짝짝이로 끼고 있잖아."

나도 모르게 손가락이 오그라진다. 그런다고 감춰지는 것도 아닌데. 아니, 감출 필요도 없는데 왜 이러는지 모르겠다. 오른손엔 서로의 장갑, 왼손엔 남궁결의 장갑. 내가 내 장갑을 놔두고 서로와 남궁결의 장갑을 끼고 다니는 이유는 단 하나다. 혹시라도 장갑의 주인을 마주치게 되면 돌려주기 위해서.

"그거, 사실 남궁결 장갑만 끼고 싶은데 너무 티 날까 봐 호서로거랑 같이 낀 거지? 마음 들킬까 봐 그러는 건 알겠는데, 그것도 적당히 해야지. 너 평소에도 남궁결한테 곁을 안 줬잖아. 모르는 사람들 눈엔 네가 남궁결을 엄청 경계하고 거리 두려는 것처럼 보였을걸? 그러다가 남궁결까지 네가 자기를 싫어한다고 오해하면 어쩌려고, 네가 호서로를 좋아한다고 오해하면 어쩌냐는 말이야. 게다가 너, 로라한테도 남궁결 좋아한다고 말 안 했었더라? 난 당연히 로라는 알고 있을 줄 알았는데. 도대체 왜 그렇게 답답하게 구는 건지, 안타까워서 그냥 보고만 있을 수가 없더라고. 그러니 이 몸이 나설 수밖에. 그래도 도은송 네가 남궁결 짝사랑한다고 처음으로 털어놓은 사람이 나인데…….”

나는 기가 차서 입만 쩍 벌리고 멀뚱멀뚱 장반지를 쳐다본다. 당최 내 머리로는 헤아려지지 않아서 웃어야 할지 울어야 할지조차 모르겠다. 내 비밀을 처음으로 들은 사람으로서 책임감을 느꼈다면 마땅히 내 비밀을 끝까지 지켜 주어야 하는 게 아닌가. 비밀을 안 자로서 책임을 다하려고 비밀을 깨뜨리다니.

하지만 장반지만 탓할 수도 없다. 애초에 내 비밀이 거짓 일색이지 않은가. 자업자득이다. 결국 다 나 때문에 일어난 일, 내가 거짓말을 하지 않았더라면 일어나지 않았을 일이다.

“근데 글쎄…….”

장반지는 소심한 나를 대신해 사랑의 징검다리 역할을 한 자신을 무척 자랑스럽게 여기는 듯이 보인다. 아직 재미있는 이야기가 더 남았다는 듯이 콧구멍을 벌름거리는 장반지를, 나는 반쯤 체념한 상태로 쳐다본다.

“글쎄 남궁결이…… 어?”

장반지가 말을 하다 말고 손가락으로 코끝을 만지더니 고개를 올려 든다. 톡. 톡. 작고 하얀 것이 장반지의 얼굴에 내려앉는다. 장반지는 하려던 말을 다 까먹었다는 듯이 천연한 얼굴로 중얼거린다.

"와, 눈 온다."

포슬포슬한 눈송이가 하나둘씩 떨어져 내린다. 내 속눈썹에, 장반지의 정수리에 눈꽃이 핀다. 그 순간 속절없이, 남궁결이 했던 말이 떠오른다. 눈이 오면 찾아갈게. 나는 계속 그 말을 품고 있었던 걸까. 남궁결은 아직 내게 할 말을 품고 있을까.

어떤 말이든 전부 다 눈 속에 폭 묻혀 버렸으면 좋겠다.

"강연 잊지 않았지?"
서로가 묻는다.
"그럼. 당연하지. 절대로 안 늦을 거니까 걱정하지 마."
내가 호언장담하자 서로가 말한다.
"괜찮아. 좀 늦어도 돼. 내가 기다리면 되지."

해 질 무렵, 체육관 앞에 커다란 눈사람이 있다. 살아 있는 눈사람이다. 내 말은, 눈으로 만든 사람이 살아 있다는 게 아니라 사람이 눈사람 꼴을 하고 있다는 뜻이다. 눈사람은 눈을 털어 낼 생각도 하지 않고 허연 숨만 새근거리며 오른쪽 앞꿈치로 갓 쌓인 눈을 꾹꾹 밟고 서 있다.

"남궁결?"

눈사람이 눈을 맞으며 나를 보고는 환하게 웃는다. 눈보다 하얀 건치가 눈처럼 반짝이고, 겨울밤처럼 까만 눈동자가 눈얼음을 뚫어 낼 듯 반뜩인다.

"도은송, 왔네."

"추운데 왜 안 들어가고……."

눈 이불을 두른 듯한 남궁결의 모습을 살피며 내가 묻는다.

"너 기다렸지."

내가 당황한 표정을 짓자 남궁결이 얼른 말을 덧붙인다.

"내가 그랬잖아. 눈 내리면 너한테 할 말이 있다고."

"그럼 전화를 하든 메시지를 보내든 하지. 왜 여기서…… 내가 언제 올 줄 알고."

"내가 입이나 손가락보다 몸이 먼저 움직이는 체질이라서."

남궁결이 얼어붙은 듯이 보이는 손가락을 굼뜨게 움직이며 이어 말한다.

"너 체육관 들르는 시간은 티제이 형한테 물어봤지. 근데 오늘은 좀 늦었다?"

"아, 나도 눈 오는 거 보면서 산책 좀 하다가……."

장반지와 마주친 후에 곧장 체육관으로 왔으면 평소 오던 시간에 도착했을 텐데. 인적이 드문 골목길을 찾아 아무도 밟지 않은 눈길을 걷다 보니 시간이 훌쩍 지나 버렸다.

"아, 근데 너…… 한 시간도 넘게 기다렸겠네."

감기 걸리면 어떡해. 이 말은 꿀꺽 삼킨다. 남궁결을 걱정하는 마음을 들키면 왠지 분위기가 이상해질 것만 같다. 그나저나 오늘은 왜 이렇게 감기 걸릴까 봐 걱정되는 사람이 많아. 예전엔 로라 한 명만 걱정하면 됐는데.

"괜찮아. 하나도 안 추워. 오히려 좋아. 나도 너처럼 눈 내리는 거 좋아하거든."

"응?"

"서로한테 들었어. 은송이 너, 눈 엄청 좋아한다고."

"아……."

"그래서 꼭 눈 내리는 날 얘기하고 싶었어."

남궁결이 패딩 모자를 벗자 눈꽃 더미가 우수수 떨어져 내린다. 나는 멀거니 그 모습을 바라본다. 늦은 오후의 황금빛 햇살이 눈사람에서 사람으로 거듭난 남궁결의 실루엣을 동그랗게 감싸 준다. 남궁결은 한겨울 한복판에 서 있어도 한여름 기운을 뿜어내는 애 같다. 문득 여름을 통과하는 남궁결은 어떤 모습일지 궁금해진다. 그 옆에 있으면 나도 덩달아 여름 색으로 물들 것만 같다.

"무슨 말을 하고 싶은데?"

시야를 물들인 남궁결의 초록빛을 떨쳐 내려고 눈을 깜빡깜빡하며 묻는다. 이런 상황에선 어떤 표정을 지어야 할까. 궁금해하는 표정? 관심 없다는 표정? 둘 중 어떤 쪽도 마뜩잖다. 그때 가만히 내 얼굴을 내려다보던 남궁결이 묻는다.

"그거 알아, 도은송?"

어차피 대답을 원하는 질문은 아닌 듯하니 대답 대신 남궁결의 시선을 맞대기로 한다. 어쩐지 첫 만남이 떠오르는 순간이다. 웃음기 없이 서로를 맞보던 순간. 그때와 달라진 점이 있다면 지금 남궁결의 얼굴엔 야릇한 미소가 배어 있다는 거다.

"도은송 네 표정은 너무 복잡해."

남궁결이 내 손을 슬며시 쳐다보며 이어 말한다.

"그 장갑만 봐도 그래."

"아, 이건……."

이게 그렇게 이상한가. 벌써 두 번이나 지적당하니 내가 생각이 짧긴 짧았다는 생각이 든다. 나는 얼른 왼손에 낀 빨간색 장갑을 빼서 남궁결에게 건넨다.

"이거, 너희 만나면 돌려주려고 끼고 다닌 거야."

"응?"

남궁결은 장갑을 건네받을 생각이 없어 보인다. 그저 내 대답이 무척 흥미롭다는 듯이 눈꼬리를 딸싹거리고 얼굴을 씰룩대더니 이윽고 참지 못하고 웃음을 터뜨린다.

"풋…… 푸후후…… 하하……."

"왜…… 웃어?"

추위에 꽁꽁 얼었던 귓바퀴가 후끈 달아오른다.

"아…… 미안. 웃겨서 웃은 게 아니라…… 정말 독특해, 도은송…… 난 네가 진짜…… 진짜로…….”

가까스로 웃음을 멈춘 남궁결이 장갑을 벗어 든 내 손을 부드럽게 쥐고 밀어낸다.

"난 네가 좋아, 도은송.”

쿵. 남궁결의 목소리가 내 심장을 때렸나 보다. 쿵쿵. 내 심장이 자신의 존재를 만천하에 알리고 싶나 보다. 아아, 안 돼. 남궁결이 내 심장 소리를 듣기 전에 무슨 말이든 해야 해. 아무 말이든 해서 이 소리를 묻어 버려야 해.

"아니야, 넌…….”

아니야, 넌. 남궁결 넌 날 좋아하지 않아. 장반지가 한 말을 듣고 내게 뭔가 대답해 줘야 할 것 같아서 이러는 거지? 근데 장반지가 한 말은 다 거짓말이야. 장반지가 거짓말을 했다는 게 아니라, 내가 거짓말을…….

"또 복잡한 표정 짓는다.”

나는 지금 네가 한 말을, 네 감정을 멋대로 부정하려고 하는데 넌 어쩜 그렇게 산뜻하게 말할 수 있는 거야. 남궁결의 입가에 담뿍 묻어난 미소에서 한여름 시원한 바닷바람이 느껴진다. 어쩌면 좋아한다는 말은 무거울 필요가 없는 걸까. 나는 남궁결의 미소를, 파란 바람을 느끼며 생각한다. 남궁결의 고백엔 무게가 없어서 나를 가라앉게 만들지 않는다.

하지만 가라앉진 않아도 더 복잡해질 순 있다.

"있잖아, 남궁결…… 너 장반지한테 무슨 말 듣고 이러는 거지?"

내가 조심스레 묻자 남궁결이 몸을 기울여 내 얼굴을 들여다본다.

"장반지가 보드 배우면서…… 나한테 무슨 말을 하긴 했지. 그치만 그런 말을 들었다고 해서 갑자기 좋아하는 마음이 생길 리 없잖아. 내 마음은 원래 이랬어, 도은송. 네가 초록색 코트를 입고 체육관에 들어서던 그 순간부터 난 널 좋아했다고."

쿵쿵쿵. 아무래도 심장이 제 기능을 하지 못하려나 보다. 고백을 듣다가 죽은 사람도 있을까. 내가 죽은 다음에 부검 같은 걸 하면 좋아한다는 고백을 듣고 너무 놀란 나머지 심장 박동이 멈췄다는 사인이 나올까?

"초록색 코트엔 빨간색 장갑이 어울리지. 안 그래?"

남궁결이 천천히 내 손을 잡는다. 그리고 내가 왼손에 꼭 쥔 빨간 장갑을 다시 내 손에 천천히 끼워 준다. 나는 너무 정신이 없어서아, 오늘 왜 하필 초록색 코트를 입고 나왔지 하는 생각밖에 들지 않는다.

"사실 서로가 신경 쓰이지 않는 건 아니었어."

패딩 점퍼 주머니에서 자신의 오른쪽 장갑을 꺼내며 만지작거리던 남궁결이 나를 빤히 쳐다본다.

"서로는 항상 네 얘길 했으니까. 마치 친구가 너밖에 없는 것처럼."

남궁결의 시선이 내 오른쪽 초록색 장갑으로 옮겨 간다. 나는 오른손을 슬그머니 코트 주머니 속으로 집어넣으며 작게 말한다.

"그럴 리가. 서로한텐 남궁결 너도 있잖아. 나한테도 네 얘길 종종 했는걸."

나는 남궁결이 하는 말을 그저 반박하고 싶은 걸까. 아니면 서로와 남궁결과 나, 이렇게 우리 셋이 그저 친구임을 강조하고 싶은 걸까.

"그랬어? 그럼 우린 만나기도 전에 상대에 대해 잘 알고 있었네. 이런 인연이 있나."

내 말의 진의에 대해 내가 고민하는 사이, 남궁결은 자기만의 해법으로 내 말을 받아들인 것 같다.

"그래서 그랬는지, 널 처음 봤을 때 영 낯선 느낌이 아니었어. 그러다가 네가 바로 그…… 서로의 하나밖에 없는 친구 도은송이라는 걸 알았을 때…… 기분이 묘했지."

그게 기분이 묘할 때 나오는 표정이었나. 길게 닫힌 얇은 입술 사이로 '흠' 또는 '흐음' 하는 소리가 새어 나올 법한 표정. 남궁결은 내 표정이 복잡하다고 하지만 내가 보기엔 남궁결의 표정도 만만치 않다.

"너 그때는 나 마주친 거 기억도 안 난다고 했잖아."

"그러고 나서 바로 후회했잖아. 계속 너 눈치만 보고."

"네가 내 눈치를 봤다고?"

"그럼. 혹시 기분 나빴을까 봐 떡볶이 먹는 내내 너만 살폈는데. 기억 안 난다고 거짓말한 건 지금이라도 사과할게. 내가 왜 그랬는지 모르겠어. 아마 은송이 네 관심을 끌고 싶었나 봐."

그런 거짓말로 내 관심을 끌려고 했다니. 나를 쳐다보던 그 이상한 눈빛이 내 눈치를 살피던 눈빛이었다니. 나만큼이나 이상한 이유로 거짓말을 하고 나서 전전긍긍 노심초사 안절부절못했다는 남궁결에게 갑자기 확 친근감이 느껴진다.

"난 남궁결 네가 날 싫어한다고 생각했어. 다른 애들 보고는 잘만 웃으면서 나한테는……."

나한테는 웃어 주지 않았잖아.

"그게…… 널 보면 떨려서 웃음이 안 나오더라고. 너만 신경 쓰다가 자꾸 안 하던 실수도 하고."

남궁결이 뒤통수를 긁적이며 말한다. 나는 남궁결이 눈밭에서 데굴데굴 구르던 모습과 남궁결이 날린 팝콘이 하늘에서 후드득 떨어지던 장면이 떠올라 웃음을 흘리고 만다. 남궁결은 웃음기 번진 내 얼굴을 보고는 이제야 마음이 놓인다는 듯이 말한다.

"근데 난 은송이 네가 날 싫어하는 줄 알았어. 날 경계하는 거 같아서. 그래서 장반지한테 그 얘기를 듣고 얼마나 기뻤는지 몰라."

다시, 원점으로 돌아왔다. 거짓말이라는 내 원점으로. 조금 전까지 말랑말랑하게 웃던 내 얼굴이 다시 어색하게 굳어 가는 게 느껴진다.

하지만 남궁결은 내 웃음을 다시 돌려놓을 자신이 있다는 듯이 씩씩하게 말을 잇는다.

"네 마음을 안 이상, 망설일 필요가 없다고 생각했어."

아니 그건 내 진짜 마음이 아니야, 라고 중얼거리다가 아직 채 여진이 가시지 않은 심장을 느끼곤 그게 정말 내 진심이 아닐까 하고 생각한다. 내 거짓이 돌고 돌아 가짜 마음을 진짜 마음으로 둔갑시켜 버린 건 아닐까.

내가 어느새 또 복잡한 표정을 지었는지 가만히 내 얼굴을 살피던 남궁결이 조심스레 입을 연다.

"근데 지금 보니 내가 네 마음을 다 아는 건 아닌가 보네."

"어?"

"혹시 너도 서로가 신경 쓰이니?"

내 묘한 침묵은 무언의 긍정이다. 아니, 긍정 이상의 긍정이다. 남궁결도 못 느꼈을 리 없는데……

"서로한테는 내가 다 얘기했어."

"뭘?"

"오늘 도은송 너에게 고백할 거라고."

맙소사.

심장의 잔떨림이 무뚝 멈춘다. 눈앞의 남궁결의 모습이 눈에 들어오지 않는다. 나는 그제야 비로소 진짜로 내 마음이 향한 곳이 어디인지 깨닫는다. 당장이라도 서로에게 달려가 모든 걸 설명하고 싶다.

나는 서로가 뭐라고 했을지 궁금하지만 물어보지 않는다. 적어도 지금은 알고 싶지 않다. 서로에게 내 얘기를 털어놓기 전까지는.

호서로를 만날 때까지 내 심장이 버텨 낸다면 그건 기적이리라.

0 1 1 9
영혼의 시스터

"나 사실, 이번에 한국 들어온 거 그냥 놀러 온 거 아니야. 재작년에 어깨를 다치고 나서 슬럼프가 꽤 길었거든. 내 미래에 대해서 확신이 없어졌다고 해야 하나. 솔직히 좀 힘들더라고. 이 길이 내 길이 아니라면 다른 어떤 길이 있는지 한번 찾아보고 싶었어. 그래서 아르바이트해서 모아 놓은 돈으로 한국행 비행기표부터 샀지. 두 달 정도 친척 집이랑 서로네 집을 오가며 머물 생각이었어. 견문을 넓히다 보면 '아 이걸 해야겠구나' 하는 생각이 들지 않을까 해서."

나는 그제야 서로가 남궁결에게 살살 운동하라며 잔소리했던 이유를 알게 되었다. 남궁결은 부상이니 슬럼프니 하는 것들이 이미 다 지난 일이라는 듯 덤덤하게 얘기했지만 어릴 적부터 해 온 일을 그만둘 정도였으면 상황이 그리 가벼웠을 리 없다. 서로가 여전히 걱정을 놓지 못할 정도로 말이다.

"근데 정말 한국에 오길 잘했어. 그날, 함께 강연 들으러 갔을 때 그런 생각이 들었지. 은송이 너랑 서로가 눈을 반짝이며 큐비트 AI가 어쩌고저쩌고 무슨 프로젝트가 어쩌고저쩌고하는데…… 솔직히 난 하나도 못 알아듣겠더라. 그런데도 가슴이 뛰었어. 누군가 그렇게 꿈을 품고, 열정을 가지고 얘기하는 걸 보니 나도 덩달아 설레었나 봐. 너희가 하는 말을 하나도 빠짐없이 다 알아듣고 싶어서 미치겠더라고. 로라 생일날 서로가 도은송 너랑 같이 큐비트 AI에 가고 싶다고 했을 때, 속으로 '나도!' 하고 외쳤을 정도였지. 사실 난 서로가 왜 그런 말을 했는지 알 것 같은데……. 도은송, 넌 모르겠지."

"왜 난 모른다고 생각하는데?"

"네가 네 꿈에 대해 얘기할 때 얼마나 눈부신지 넌 알지 못할 테니까."

세상에 이런 찬란한 고백이 있을까. 나는 남궁결이 나를 좋아한다고 말했을 때보다 훨씬 황홀한 감정에 잦아들었다.

"뭐, 이건 내 생각이고 서로 마음은 서로가 알겠지. 내 브로인데 가끔은 나도 걔 속이 헷갈린다니까."

남궁결은 가볍게 웃고 나서 말을 이었다.

"그치만 그렇다고 해도 가장 중요한 건 네 마음이야. 나랑 서로가 우정이네 사랑이네 하며 따질 문제가 아니라고. 결정권은 도은송 너에게 있는 거야."

맞는 말이다. 그러기 위해선 내가 망친 문제들을 해결해야만 하고.

"물론 난 네 선택이 나이길 바랐지만."

"나는……."

"아, 아. 잠깐. 굳이 소리 내서 다시 말해 줄 필요는 없고. 나 이래 봬도 보기보다 마음이 약하거든."

그래. 사람마다 좋아하는 마음을 깨닫기까지 걸리는 시간이 다르듯 상대의 마음을 받아들이기까지 걸리는 시간 또한 다를 것이다. 나는 가만히 고개를 끄덕였다.

삑삑삑삑. 현관문 비밀번호를 누르는 소리가 들린다. 오랜만이라면 오랜만인 소리다. 일주일이라는 시간이 '오랜만'의 기준에 속한다면 말이다.

"사람이 오면 좀, 반기는 척이라도 해라."

늘 하던 소리와 함께 덕희 아줌마가 혀를 차며 들어온다. 어김없이, 오른손에는 큼지막한 부직포 가방이 들려 있다. 소파에 파묻혀 노트북 화면에 코를 박고 있던 나는 힐끗 아줌마를 쳐다보며 건성으로 말한다.

"아빠 체육관 갔어요."

아줌마는 식탁 위에 가방을 올려놓고 반찬통을 하나씩 꺼내며 툴툴댄다.

"아, 기껏 반찬 들고 왔더니. 이거 누가 다 정리하라고."

어차피 냉장고에 다 쑤셔 넣을 거면서……. 돕는 시늉이라도 할 셈으로 노트북 화면을 덮고 타달타달 다가가자 아줌마가 장난스럽게 눈을 할기며 묻는다.

"일주일이나 못 봤는데, 아줌마 안 보고 싶었어?"

"너무 보고 싶어서 오덕희 작가님 드라마만 백번 돌려봤잖아요. 아빠랑 같이."

"그래? 너네 아빤 내 드라마 안 좋아하는데."

"엥? 아빠가 제일 좋아하는 드라마가 〈당신의 거짓말엔 이유가 있다〉인데 무슨……."

냉장고에 반찬통을 꾸역꾸역 밀어 넣던 덕희 아줌마가 난생처음 듣는 이야기라는 듯이 벙찐 얼굴을 하고서 나를 돌아본다. 지금 벙찐 얼굴을 할 사람이 누군데. 나야말로 아줌마가 그걸 몰랐다는 사실이 너무나 놀랍다. 이런데도 둘이 서로를 좋아한다고 말할 수 있나?

"정말 몰랐어요? 어떻게 모를 수가 있어요? 아빠가 혼자 재탕, 삼탕하는 건 모른다고 쳐도 아줌마 드라마 방영할 때마다 꼭 다 함께 모여서 본방 사수해야 한다고 챙기는 사람도 아빠고, 아줌마 글쓰기 싫다고 칭얼댈 때마다 어르고 달래는 사람도 아빠인데."

아마 콘도에서 둘이 싸운 것도 덕희 아줌마의 은퇴를 두고 실랑이하다가 목소리가 커졌기 때문이리라. 아빠는 아줌마의 천직이 드라마 작가라고 굳게 믿는 사람이니까.

"그건 뭐……."

아줌마가 민망한 듯이 이리저리 눈을 굴리다 말한다.

"잘되면 스키장 콘도처럼 뭔가 생길 수 있으니까?"

농담이라고 한 얘기 같은데 하나도 웃기지 않다. 아빠가 스키장 콘도에 가는 걸 조금 좋아했기로서니 지금껏 아줌마가 하는 일에 대해 응원해 온 시간까지 싸잡아 폄하하는 건 너무하지 않은가. 싸늘해진 내 표정을 본 덕희 아줌마의 목소리가 기어들어 간다.

"아니, 도도안 사장님이 스키장 콘도를 좀 좋아했어야지."

에휴, 한숨이 절로 나온다. 아줌마 말이 완전히 틀린 건 또 아니기 때문이다. 아빠가 그냥 '조금' 좋아한 정도가 아니라는 건 나도 인정해야겠다.

"근데 난 도 사장이 내 드라마 좋아하지 않아도 상관없어."

"왜요?"

"그게 뭐가 중요해. 난 내 드라마가 잘돼서 콘도 회원권 살 돈도 생기고, 그래서 도 사장이랑 우리 로라, 은송이 모두들 즐거워하고. 그런 게 더 중요해."

"그러니까, 왜요."

나는 아줌마가 진짜 이유를 말해 주길 바라며 진지한 눈빛으로 아줌마를 바라본다. 누군가를 기쁘게 해 주고 싶은 마음은 결국 그 사람을 좋아해서 그런 게 아닐까. 하지만 아줌마의 표정을 보니 단박에 자기 마음을 알려 줄 생각이 없는 것 같다.

아줌마는 냉장고 문을 닫고는 천천히 식탁 의자에 앉으며 말한다.

"가끔 보면 나도 어릴 때 그대로이고, 도 사장도 변한 게 없는데 너랑 로라만 부쩍 큰 거 같아."

어느새 아련해진 아줌마의 눈빛을 느끼며, 나도 맞은편 의자에 조용히 앉는다.

"내가 대학생 때 말이야. 그러니까 대학교에 입학하고 나서 가장 처음 한 일이 뭔지 아니?"

나는 고개를 젓는다.

"도안이를 찾는 거였어. 우리 옆집에 살던 도도안, 참 훤칠하고 듬직하면서도 순둥순둥하고 씩씩하던 도도안을 꼭 다시 보고 싶었거든. 물론 그때나 지금이나 그 컬러풀한 패션 감각은 못 봐주겠지만."

싱겁다고만 생각했던 두 사람의 재회에 이런 내막이 있었다니. 나는 아빠가 덕희 아줌마와의 '우연한 마주침'에 대해 어떻게 회상했는지 죽을 때까지 비밀로 할 작정을 하고 아줌마에게 묻는다.

"그럼 설마…… 대학도 아빠가 지원한 데라서 따라서 지원한 거예요?"

아줌마가 웃으며 고개를 끄덕인다. 아무래도 로라는 자기 엄마에 대해서 잘 모르는 것 같다. 덕희 아줌마는 답답이, 겁보라고 불리기엔 너무나도 적극적인 낭만주의자 아닌가.

"맞아. 웃기지? 거긴 체육학과 하나만 유명한 대학이었는데. 암튼 그랬으면서 내가 지금은, 로라한테 대학에 가라 말아라 한다. 나도 앞날에 대한 고찰 같은 거 없이 설레는 맘 하나로 대학을 결정한 주제에 말이야. 아, 지금까지 한 얘기는 지난 일주일 동안 로라에게도 다 말해 준 거야. 로라가 아는 얘기이니 우리 은송이도 다 알아야지. 그치만 지금부터 하는 얘기는 로라에게도 하지 않은 이야기."

나에게만 들려줄 이야기가 뭘까. 나는 숨을 죽이고 아줌마가 말을 잇길 기다린다.

"네 엄마, 한진아에 대한 이야기야."

아줌마는 잠시 눈을 내리뜨고 손가락으로 괜스레 식탁 표면을 문지른다. 그렇게 충분히 뜸을 들이고 나서 다시 이야기를 시작한다.

"내 첫 실연에 대한 이야기이기도 하지. 너무도 강력한 상대여서, 라이벌이라고도 부를 수 없었던 사람에 대한 이야기……."

아줌마가 내 엄마를 경쟁 상대로 생각했다니, 상상도 못 했던 이야기다. 혹시 아빠는 알고 있었을까. 아니, 알 리가 없지. 아빠처럼 눈치 없는 사람이.

"나는 아직도 그때 그 순간이 생생하게 기억나. 봄이 무르익다 못해 여름 초입 냄새가 풀풀 풍기던 날에, 캠퍼스에서 도안과 둘이 아이스크림을 먹고 있던 날 말이야. 그날 도안이 저쪽을 가리키며 말했어. 저기, 단발머리에 안경 쓴 사람 보이지? 내가 좋아하는 사람이야. 한창 행복을 만끽하던 순간, 무방비 상태로 들어서 그랬을까. 심장이 내려앉고 세상이 온통 회색빛으로 변하는데 그 순간이 어쩌면 아직도 이렇게 또렷이 기억나는지……."

피식 아줌마가 웃음을 흘린다.

"그 순간 내 눈에 비쳤던 진아의 모습은 아직도 내 머릿속에서 총천연색, 4K야. 왜냐하면…… 진아의 걸음걸이, 단출한 옷차림, 담백한 미소, 그런 것들을 보는 순간 알았거든. 내가 진아를 싫어할 리가 없다는걸."

다행이다. 아줌마가 엄마를 미워하지 않았다니 정말 다행이야.

"물론 질투가 나는 건 어쩔 수 없었지."

내 표정을 읽은 아줌마가 입을 삐죽하며 웃었다.

"두 사람 사이에 끼어들어 생떼를 부리고, 어깃장을 놓고 싶기도 했어. 하지만 도저히 그렇겐 못 하겠더라고. 결국 내가 할 수 있는 일은 딱 하나밖에 없었어. 네 아빠의 마음이 짝사랑으로 끝나길 바라는 거 말이야. 하지만 결국 진아는 도안이를 알아봤지. 도안이가 내게 자기 여자 친구라며 진아를 소개할 때 얼마나 행복해하는 모습이었는지 아니? 인정하기 싫지만 두 사람은 정말 환상의 짝꿍이었어. 결국 난 내내 두 사람을 피해 다니는 방법을 택했지. 어우, 말 그대로 꽃다운 청춘남녀 너무 눈부셔서 봐 줄 수가 없더라."

"그럼 그때 기억 때문에 우리 아빠는 안 되는 거예요?"

"그건 아니야. 다 옛날 일인걸."

아줌마가 고개를 저었다.

"근데 그게 내 이야기의 포인트야. 옛날이야기라는 거."

"네?"

"다 옛날 마음이라고. 은송아, 마음은 그냥 그렇게 흘러가는 거야. 나는 그 후로 몇 번의 연애를 했고, 그렇게 사랑을 하며 로라를 낳았어. 물론 어리석게 굴기도 했지. 지금 이 순간을 끝이라고 생각하고 본다면 그 만남들은 결국 다 해피엔딩이 아닌 셈이지만……. 그래도 결코 잊지 못할, 행복한 순간도 많았어. 그런 순간들은 내 안에 지워지지 않는 기록으로 남아 있는 동시에 아이러니하게도 내 첫사랑의 시간처럼 그동안의 시간과 함께 다 묻혀 버렸지. 더는 그 순간처럼 빛나지 않는 거야. 아주아주 오래된 화석처럼. 그런데…… 그래서 오히려 너무 좋단다."

예전에 아빠에게 느꼈던 감정이 이젠 아예 사라져 버렸다는 뜻일까. 아니, 흔적도 없이 사라진 게 아니라 화석으로라도 남아 있다면 아직 가능성은 있다는 말일까. 아줌마의 말뜻을 알 듯도 하고 모를 듯도 하다. 내가 어려워하는 표정을 짓자 아줌마가 나를 토닥이는 듯한 말투로 말한다.

"지금은 이해 못하겠지만 시간이 흘러가는 만큼 마음이 흘러가서 좋은 것도 있어. 나중에 다 알게 될 거야."

아줌마의 얼굴에 드리운 아련함에 왠지 모를 홀가분함이 깃들어 있다. 아줌마 말마따나 지금의 내가 쉬이 이해할 수 없는 감정인 것 같다.

"알다시피 나와 도안이는 서로를 아주 오래 지켜봐 왔지. 내가 이 아파트로 이사 온 이유는 도안이를 너무 잘 알았기 때문에, 진아를 먼저 보낸 도안이를 도저히 그대로 내버려 둘 수가 없었기 때문이야. 다른 이유는 없어. 그렇게 우리는 다시 이웃이 되었고. 나는 지금 불만도 없고 더 바라는 것도 없어."

명쾌하고 단호한 입장 발표 뒤로 아줌마의 상냥한 부탁이 곧바로 이어진다.

"너와 로라가 그걸 믿어 줬으면 좋겠네."

이렇게까지 말하는데 더 이상 뭘 어쩌겠는가. 다만 아쉬움을 그득 담아 한 번 더 물을 뿐이다.

"그럼 정말…… 가능성 제로예요?"

"미래에 대한 호언장담은 함부로 하는 게 아니니까, 아껴 둘게."

아줌마가 장난스럽게 콧잔등을 찡긋거린다. 나는 어쩐지 아줌마의 말에, 아줌마의 표정에 미련이 남는다. 하지만 그렇게 느끼는 건 나뿐인 듯 아줌마는 곧 손바닥을 탁탁 치며 시원스레 자리에서 일어난다.

"아무튼 도 사장이랑 내 걱정은 그만하고, 본인들 사연이나 잘 풀었으면 좋겠네. 도은송, 이제 로라랑 속 깊은 이야기를 나눠야겠지?"

덕희 아줌마 말이 맞다. 이제 때가 되었다. 더는 미룰 수 없다. 언제까지고 속일 순 없다. 진실을 말하고, 솔직하게 털어놓아야 한다.

그런데 사실 그보다 더 신경 쓰이는 문제가 있다. 내 메시지를 읽고도 답신을 보내지 않는 호서로. 서로는 도대체 왜 묵묵부답인 걸까. 일찌감치 해가 저문 오후, 침대 위 파란 어둠 속에 들어앉아 핸드폰을 손에 꼭 쥐고 천장에서 희미하게 밝아오는 야광 별만 하염없이 바라보는 마음이 적잖이 무겁다. 이런 내 마음을 풀어 줄 수 있는 사람은 딱 한 명밖에 없는데. 문득 그 사람이 무척 보고 싶어진다. 내가 생각할 때마다 내 앞에 짠하고 나타나는 사람.

"은쏭쏭!"

파자마 위에 낡은 후드 점퍼를 대충 걸친 로라가 내 방에 들어서며 콧소리를 낸다. 역시 양반은 못 되네. 로라의 목소리를 들으니 아니나 다를까 금세 마음이 밝아진다.

"보고 싶어 죽는 줄 알았네."

내게 다가서는 로라의 몸짓이 조금은 주뼛거리는 듯도 하고 약간은 어색해하는 듯도 하지만 내가 보고 싶었다는 로라의 말은 10년이 넘도록 쌓아 온 나의 오로라 빅데이터에 의거해 확신하건대 일말의 오차도 없이 무조건 진심이다.

"나도, 나도……."

나는 턱끝까지 차오르는 뭉클함을 애써 누르며 로라를 반긴다.

"치, 나만큼 보고 싶었을까."

로라가 침대에 걸터앉아 내 품을 파고든다. 기분 좋은 간지러움. 간질간질한 행복감. 주책스럽게 눈물이 날 것만 같다. 그동안 우리 사이에 존재했던 이상한 긴장감이 일순간 저 멀리 깨끗하게 날아가 버린 듯해서. 로라의 표정을 보니 로라도 마찬가지인 것 같다. 어쩌면 우리에게 필요했던 건 각자 조용히 생각할 수 있는 시간이 아니었을까. 짧다면 짧고 길다면 긴 일주일이라는 시간 동안 우리는 정신없이 휘몰아쳤던 우리의 겨울을 각자의 마음속에서 잘 녹여 내었다. 로라의 미소에서 느껴지는 온기가 그렇게 말하고 있다.

나는 몸을 꼼트락대며 로라를 살짝 밀어낸다. 키득거리며 나가떨어진 로라가 발라당 침대에 대자로 누워 야광 별을 쳐다보며 말한다.

"아무래도 우리, 시스터가 되긴 그른 거 같지?"

로라는 다른 버전으로 들었겠지만, 우리가 같은 결론을 확인했음은 의심할 필요가 없는 것 같다.

"아마도."

"그래도 넌 내 영혼의 시스터야."

"알아. 너도 내 영혼의 시스터야."

"하아. 우리 넷, 환상의 가족이 될 수 있었을 텐데."

"우린 지금도 가족이잖아."

"정말 그렇게 생각해?"

로라의 목소리가 부드럽게 귓전을 울린다. 나는 내 쪽으로 돌아누운 로라를 향해 진지한 표정으로 고개를 끄덕인다. 로라는 내게서 시선을 거두며 중얼거린다.

"그래서 그런가."

"뭐가?"

"아니, 가족이라서 닮은 구석이 생긴 건가 해서."

나는 로라를 따라서 다시 천장 위 야광 별로 시선을 옮긴다. 로라는 검지로 마치 별자리를 그리듯 야광 별 사이에 선을 그린다. 이렇게 로라와 나란히 누워 별을 보고 있자니 마치 다섯 살로 돌아간 듯하다. 고사리 같은 손으로 별자리를 그리며 내 별과 자신의 별을 잇던 로라. 로라를 내 가족이라고 부를 수 없다면 앞으로 그 누가 내 가족이 될 수 있을까.

"너랑 나 말이야. 성격도 다르고, 취향도 다르고, 외모도 다르고. 비슷한 점이 하나도 없잖아. 그래서인지, 난 지금까지 한 번도 우리가 같은 사람을 좋아할 거라고 생각해 본 적이 없어. 적어도 우리 엄마 드라마 단골 소재인 삼각관계 아니, 사각관계, 아니다, 오각관계인가? 아무튼 그런 건 우리한테 절대 해당 안 되는 일이라고 생각했지. 생각해 봐. 나는 은송이 네가 즐겨 마시는 핫초코도 좋아하지 않고, 네가 그렇게 빠져 있는 코딩에도 전혀 관심 없고, 영어니 미국이니 죄 싫어하잖아. 그런데 왜 유독……."

야광 별들을 모두 하나의 선으로 이어 낸 로라의 손이 무뜩 멈춘다.

"왜 유독 호서로만 좋아하는 걸까?"

로라는 말끄러니 날 쳐다보다가 말을 잇는다.

"은송이 너, 호서로 좋아하지?"

호서로를 좋아하냐고 로라가 처음 묻던 날 말도 안 된다며 정색하고 말았던 내 모습이 떠오른다. 좋아하지 않는다는 말을 듣고 기뻐하던 로라의 모습도 떠오른다. 하지만…… 이제 내 입에서 나올 말은 로라를 웃게 하지 못할 것이다.

나는 떨리는 날숨과 함께 대답한다.

"응. 좋아해."

내 예상대로 로라는 웃지 않는다. 서로를 좋아한다는 말로는 로라를 웃게 만들지 못한다. 그치만 막상 입 밖으로 진심을 꺼내 놓고 나니 이보다 더 후련할 수가 없다. 어쩐지 마음이 단단해지는 듯한 느낌까지 든다. 내 마음에 대고 약속을 한 것 같은 느낌이랄까. 그래, 난 호서로를 좋아해. 아직 내 마음의 크기를, 내 마음의 농도를 다 알진 못하지만. 좋아해. 좋아해. 내가 좋아하는 사람은 호서로야.

"근데 왜 그땐 솔직하게 말하지 않았어?"

로라가 나지막이 묻는다.

"나도 내 맘을 잘 몰랐거든. 나는 내 마음을 파악하는 데 시간이 좀 걸리는 타입인가 봐."

"그럼…… 장반지한테 남궁결을 좋아한다는 말은 왜 했어?"

로라 네가 웃는 모습을 보고 싶어서. 하지만 이젠 나도 안다. 거짓으로 만들어진 웃음은 유통 기한이 아주 짧다는걸.

"로라 네가 나랑 호서로 사이를 신경 쓴다고 하니까, 나도 모르게 말이 그렇게 나와 버렸어."

기어들어 가는 목소리를 억지로 끄집어내서 말해 놓고 보니, 뭐 이렇게 구차한 변명이 있나 싶다. 제대로 사과해야 해. 안 그러면 영영 후회하게 될 거야. 나는 벌떡 몸을 일으켜 앉아 고개를 숙이고 말한다.

"미안. 내가 다 망쳤어. 내 거짓말 때문에 다들……."

"그래, 맞아. 도은송이 웬일로 시원하게 사고 쳤네."

로라가 차분히 일어나 앉더니 그대로 고개를 기울여 내 얼굴을 들여다본다.

"근데 알잖아. 난 네가 뭘 망치든 널 미워할 수 없어. 이보다 더 큰 사고를 쳐도 은송이 널 미워할 수 없을 거야."

핑 눈물이 돈다. 나도, 나도 그렇다고 말하고 싶은데 목소리가 나오지 않는다. 이렇게 쉽게 용서받을 줄 몰랐는데. 이렇게 깊이 사랑받을 줄 몰랐는데. 와락, 로라에게 안긴다. 로라가 뒤로 쓰러져 누우며 내 머리를 쓰다듬는다.

"은쏭쏭, 내가 케이크 촛불 끄면서 생일 소원으로 뭐 빌었는지 알아?"

"호서로랑 잘되게 해 주세요?"

풋. 로라가 웃음을 터뜨린다. 이렇게라도 로라의 웃는 모습을 보니 좋다.

"여기 모인 사람들, 마음 가는 대로 이루어지게 해 주세요 하고 빌었지."

그랬구나. 그런 줄도 모르고 넘겨짚었네. 내 생각이 얼마나 좁고 얕았는지 깨닫자 부끄러움이 밀려온다.

"근데 뭐 이러냐. 모두가 행복한 결말을 바라는 건 역시 욕심인가. 그냥 내 사랑만 잘되게 해 달라고 빌 걸 그랬나 봐. 뭐, 어차피 소용없었겠지만……."

후후 웃는 로라의 웃음 끝에 씁쓸함이 묻어나는 것 같다. 아닌 게 아니라, 로라가 갑자기 진짜로 분해 죽겠다는 듯이 내 정수리를 깨물고는 윽 하고 아파하는 내 모습을 짓궂은 표정으로 바라본다. 그리고 다시 짐짓 담담한 척하며 말한다.

"그날 말이야. 내 생일날. 호서로가 어떤 마음인지 확실히 알겠더라고. 남궁결이 네 팔을 끌어당길 때 서로의 표정을 본 순간 직감했지. 아, 호서로는 도은송이구나. 아마도 처음부터 도은송이었겠구나."

"그건……."

그건 나도 잘 모르겠어. 정말 그럴까. 나도 모르게 핸드폰 화면을 슬쩍 터치해 본다. 아직도 답신이 없네, 호서로. 여태껏 이런 적이 없었는데.

"괜찮아. 오덕희 작가 가라사대, 원래 첫 짝사랑은 실패하는 법이래. 그리고 실연당한 사람이 나 하나도 아니고."

"응?"

"장반지랑 남궁결도 있잖아. 우리끼리 쓰디쓴 눈물의 떡볶이나 먹어야지, 뭐."

"장반지는…… 어떻게…… 생각해 봤어?"

장반지랑은 어떡할 거야, 라는 질문을 참 이상하게도 꺼내 놓고 그냥 묻지 말걸 하고 후회한다. 로라는 지금 서로에 대한 생각만으로도 벅찰 텐데. 하지만 로라는 내 질문의 뜻을 다 알아들었다는 듯이 고개를 주억거리며 대답한다.

"이제 장반지랑 만나서 각자 마음에 대해 얘기해야지, 뭐. 생각은 일주일 동안 지겹게 했으니까."
 나도 로라의 말뜻을 다 알아들었다는 듯이 고개를 끄덕인다. 좋아하는 마음을 놓고 어떤 이야기를 나눌 수 있는지 이제는 조금 알 것도 같다.

0 1 2 0
시간의 숨구멍

"내가 왜 호서로를 좋아했는지 알아? 서로는 항상 어딘가 부드럽게 헝클어져 있거든. 그 전엔 한 번도 인식한 적 없는데, 어느 순간부터 갑자기 그 모습이 눈에 들어오더라. 아마도 그즈음, 좋아하는 마음은 부드러워야 한다는 걸 깨달아서겠지."

로라가 이어 말했다.

"사실 크리스마스 이후로 혼자 속앓이 좀 했거든. 알다시피, 지찬기 때문에. 그러다 보니 마음 놓고 누군가를 좋아하는 게 두려워지더라고. 누군가를 내 세계에 들이는 게 무서워졌어. 근데 짝사랑은 왠지 안전할 거 같더라? 그때 마침 딱 호서로가 눈에 들어온 거야. 친절하고 자상한 호서로. 서로는 안심하고 좋아해도 될 것 같았어. 그래서 기운차게 짝사랑을 시작했지. 연애의 상대를 또 잘못 선택할까 봐 겁이 났는데, 서로는 아무리 요모조모 살펴봐도 위험한 데가 없어 보이더라고. 이번엔 내 선택이 틀리지 않을 거라는 확신이 들었어. 근데 있잖아, 엄마가 그랬어. 한 길 사람 속 모르듯 한 길 사랑 속도 모르는 거라고. 사람을 잘못 보든 사랑을 잘못 보든 그건 내 잘못이 아니라는 거야. 그걸 미리 다 안다고 하는 사람은 사기꾼이고, 왜 진즉 알아채지 못했냐는 말은 헛소리라나. 듣고 보니 맞는 말 같았어. 우리는 결국, 사랑을 모르기 때문에 사랑을 하는 게 아닐까? 나는 말이야. 사랑이 궁금해. 무섭기도 하지만 그렇다고 겁만 먹긴 싫어. 그래서 난 계속 사랑을 할 거야. 좋아하고, 연애하고……. 싫증 날 때까지 할 거야. 과연 언제 흥미가 사라질지 모르겠지만."

장반지가 그러했듯, 나 역시 인정할 수밖에 없었다. 로라의 이 멋짐이야말로 내게 꼭 필요한 것임을, 그리고 이번 선언이야말로 로라가 지금껏 해 왔던 선언 중 가장 멋진 선언임을 말이다.

"참, 티제이랑 앤지랑 결혼 날짜 잡았다고 하더라. 곧 청첩장 돌릴 거래."

아빠가 저녁 식사를 하던 중에 툭 소식을 전한다.

"말도 안 돼."

나는 아빠 말을 대충 흘려들으며 시큰둥하게 대꾸한다. 아빠가 속은 거겠지. 장난기 많은 앤지 언니가 아빠를 놀린 것이리라. 내가 조금도 관심을 보이지 않자 아빠가 핸드폰 화면을 내 눈앞에 들이민다.

"이것 봐. 청첩장 시안 보여 주면서 뭐가 더 낫냐고 묻는데. 벌써

상견례도 했대. 언제 그렇게들 됐는지, 허허."

"뭐야, 진짜야?"

핸드폰 화면을 스크롤 하니 다양한 디자인의 청첩장이 주르륵 뜬다. 티제이 삼촌과 앤지 이모의 사진이 들어간 디자인도 있다. 티제이 삼촌이랑 앤지 이모가 사귄다니. 아니, 그것도 모자라 결혼을 한다니. 늘 티격태격하는 모습만 보이고, 연애하는 티를 낸 적이 없기에 당황스럽기 그지없다. 도대체 언제 어떻게 그렇게 발전했대. 캐묻고 싶은 마음이 없지 않지만 어쩐지 그러면 안 될 것 같다. 근 한 달간 인간의 연애사는 늘 타인이 넘겨짚지 못하는 방식으로 복잡하게 작동한다는 사실을 깨달은 탓이다. 그치만 깨달음 얘기를 하니까 말인데……. 이렇게 깨달은 자로서 뭔가 한마디쯤은 보태고 싶은 마음이 든다. 이를테면, 아는 체를 한다든가.

나는 법석을 피우는 대신 그동안 수상한 낌새가 없진 않았다는 투로 말한다.

"그래서 그랬네. 전에 왜, 티제이 삼촌이 이성 사이에 친구는 무슨 친구냐고 그랬었잖아. 그래서 내가 그럼 삼촌이랑 앤지 이모랑은 무슨 사이냐고 하니까 아무 말 못 하더라고."

그래도 티제이 삼촌은 거짓말을 하진 않았다. 나는 다시 한번 내 거짓말을 되돌아보며 생각한다. 여전히 이성 사이에 친구로 지내는 건 불가능하다는 삼촌의 생각엔 동의하지 않지만 상황을 모면하기 위해 거짓말을 하지 않은 건 칭찬할 만하다고.

"그랬던가? 아무튼 둘이 잘됐다는 말을 듣고서 보니 참 잘 어울리는 한 쌍이야."

앤지 이모가 놀리면 티제이 삼촌이 버벅거리는 패턴만 본 터라. 뭐 그것도 어떤 의미에선 합이 잘 맞는다고 볼 수도 있겠지만. 나는 어깨를 으쓱해 보이고는 다시 수저를 든다. 전혀 다른 두 사람이 만나서 사랑하는 모습을, 앞으로도 많이 보게 되겠지. 그러니 매번 호들갑을 떨며 놀랄 수는 없다. 그때마다 내가 할 수 있는 일은 진심을 가득 담은 축하뿐일 것이다.

"근데 사내 커플은 처음이라 어떻게 해야 할지 모르겠네."

"뭘 어떻게 해. 복지에 더 신경 쓰세요, 도 사장님."

사장님이 결혼하는 직원에게 해 줄 수 있는 최고의 축하는 복지 향상밖에 없으리라.

"아, 그러니까 어떤 복지를 더 강화하느냐 그게 고민이라는 말이지, 아빠도."

"내 생각엔……."

도도안 피트니스의 발전을 위해 내 도움이 필요하다면 언제든 손을 보탤 생각이다. 그런데 아빠는 내 개입이 늘 반갑지만은 않다는 듯이 냉큼 화제를 돌려 버린다.

"참, 내일 강연 들으러 간다고 했나?"

아빠가 해쭉 웃으며 묻는다. 그러고 보니 오늘따라 아빠의 안광이 유난히 맑다. 지난밤 모처럼 푹 잤나 보네. 여행에서 돌아온 이후 밤새 덕희 아줌마의 드라마를 돌려 보느라 늘 눈동자에 빨간 거미줄을 달고 살더니…….

덕희 아줌마가 우리 아파트에 이사 온 이후 두 사람이 일주일씩이나 서로를 보지 못한 건 이번이 처음이었다. 아마도 아빠가 일주일 내내 덕희 아줌마의 드라마를 끼고 산 이유는 그 어색한 시간을 어찌 보내야 할지 잘 몰랐기 때문인 것 같다. 그토록 오래된 관계에도 이토록 어설픈 구석이 있다니, 참 신기할 따름이다.

나는 오늘따라 식욕이 돋는 듯한 아빠 쪽으로 동그랑땡이 담긴 반찬 그릇을 밀어 주며 대답한다.

"응. 서로가 듣고 싶은 강연이 있다고 해서."

이틀이다. 무려 이틀. 서로가 내 메시지에 반응하지 않은 시간이. 어쩌면 서로는 내일 나오지 않을지도 모른다. 서로가 나를 바람맞힐지도 모른다는 불길한 생각이 도무지 떨쳐지지 않는다. 그렇지 않다면 왜 내 메시지를 읽고도 답신을 안 하겠는가. 내 마음과 남궁결의 마음이 같을 거라고 오해한 게 분명해.

"몇 시? 아빠가 데려다줄까?"

"웬일로……. 됐어. 난 그냥 버스 타고 가면 되니까, 나 말고 덕희 아줌마랑 놀아. 일주일 동안 그렇게 심심해했으면서…….'

나는 서로가 평생 나를 보고 싶어 하지 않을지도 모른다는 끔찍한 생각을 떨쳐 내려 애쓰며 아빠에게 핀잔 어린 표정을 지어 보인다. 고등학교에 올라간 이후부터는 학교는커녕 학원 한 번 바래다준 적

없던 아빠이니, 오늘의 기운 넘치는 제안이 곱게 보이지만은 않는다. 딸에 대한 순수한 사랑에서 비롯된 호의는 아닌 듯하다는 말이다.

"내가? 아닌데?"

"그럼 보고 싶어 한 거야?"

"그건…… 더 아닌데?"

눈을 끔뻑끔뻑하며 잡아떼는 아빠를 보니 별안간 속이 터진다.

"그래? 잘됐네. 아줌마도 아빠 하나도 안 보고 싶었던 거 같더라."

그럴 리 없다는 듯이 구레나룻을 긁적이던 아빠는 이윽고 오늘따라 이팔청춘으로 돌아간 듯이 혈기 왕성한 이유를 실토하고 만다.

"어……? 어제는 나 보고 엄청나게 반가워하던데."

그러면 그렇지. 그러니까 이렇게 기분이 좋아져서 바래다준다 어쩐다 한 거였겠지.

"아빠가 뭘 알아. 아무것도 모르면서."

내가 코웃음을 치며 말한다. 장담컨대 어릴 적 같은 동네에 살던 시절부터 대학생이 되어 같은 캠퍼스를 함께 누비고 10년이 넘도록 같은 아파트 같은 동에 거주해 온 그 긴 시간 동안 아빠는 단 한 번도 덕희 아줌마의 마음을 알아챈 적이 없을 것이다.

멀뚱멀뚱 날 쳐다보던 아빠가 갑자기 피식 웃음을 흘린다.

"꼭 엄마처럼 말하네."

아빠의 눈빛이 홀연 평소 같지 않은 눈빛으로 변한다.

"나더러 눈치 없고 둔하기로는 세상 제일간다고, 맨날 그랬는데.

근데…….”

 그랬겠지. 엄마도 얼마나 답답했겠어. 문득 엄마와 내가 비슷한 구석이 있다고 생각하니 기분이 좋아진다. 나는 수저를 내려놓고 턱을 괸다. 눈을 반쯤 내려 감고, 할 말 있으면 실컷 해 보라는 표정을 짓는다.

 "아빠는 사람 마음 보는 게 제일 어렵더라. 특히 말이랑 마음이랑 다르면 당최 파악이 안 돼.”

 그건…… 나도 그런데. 한 번도 아빠와 내가 비슷하다고 생각해 본 적이 없는데 지금만큼은 아빠의 심정이 이해가 간다. 사람 마음은 정말 어렵다. 내 마음 네 마음 할 것 없이 정말 어렵다. 그러니 마음과 마음이 이어지는 건 또 얼마나 어려운 일일지……. 여기까지 생각이 미치자 문득 내가 아빠를 답답해할 자격이 있나 싶다. 나야말로 순탄하던 관계의 지도를 순식간에 미궁으로 만들어 버린 요주의 인물 아닌가. 세상 제일가는 답답이는 아빠가 아니라 바로 나 자신인 것을…….

 그때 나를 물끄러미 바라보던 아빠가 엄마의 이름을 입에 담는다.

 "그래서 진아가 솔직하게 자기 마음을 얘기해 주었을 때 얼마나 기뻤는지 몰라. 세상 다 가진 것처럼 행복했지. 아빠는 결혼기념일보다 그날을 더 챙겼잖아. 엄마와 아빠가 서로에게 고백했던 날.”

 아빠는 지금도 세상 다 가진 것 같은 표정을 하고 있다. 마치 엄마의 고백을 듣고 아빠의 고백을 전하던 그 시간 속에 풍덩 빠져 버린 사람 같다. 나는 별안간 겁이 난다. 아빠가 그 시간에서 벗어나지 못할까 봐 걱정이 된다. 내가 아무리 잡으려 해도 잡을 수 없는 곳으로 가 버릴까 봐 무섭다.

그래서 아빠의 팔을 와락 붙잡고 싶은 충동을 누르고, 이내 후회할 말을 던진다.

"그치만 그건 다 옛날이야기잖아."

덕희 아줌마가 그랬단 말이야. 흘러가는 시간과 함께 묻혀 버리는 것들이 있어서 좋다고. 나도 나이가 들면 알게 될 거라고. 아빠는 덕희 아줌마만큼 나이도 먹었으면서 왜 그걸 몰라?

덕희 아줌마가 했던 말을 그대로 옮기고 나서 남는 건 후회뿐이다. 엄마와 아빠의 사랑을 옛날이야기로 치부해 버리다니. 그 말을 뱉은 순간 내 마음도 아렸는데, 아빠는 오죽할까.

그런데 뜻밖에도 아빠는 내 말에 개의치 않는 듯하다.

"어차피 지금 당장 행복해도 이 행복감은 곧 과거가 될 뿐이야. 중요한 건, 기억하는 거야. 예를 들면……."

아빠의 얼굴에 미소가 번진다.

"누군가 봄 내음을 풍기며 까르르 웃던 순간, 한겨울에도 고집스레 이가 시리도록 차가운 아이스크림을 먹으며 우스꽝스러운 표정을 지어 보이던 순간, 머리카락이 어깨에 닿을 정도로 자랄 때마다 늘 심각한 얼굴을 하고서 자를까 말까 내게 묻던 그런 순간들 말이야. 그런 기억들은 절대로 잊어버려선 안 돼. 가을바람이 불기 시작하면 어김없이 좋아하는 가수 노래를 주야장천 틀어 놓고 따라 부르던 모습도, 그리고 남몰래 그 가수를 질투하며 가을마다 괴로워했던 내 모습까지도……."

가을마다 찾아 들는 유행가에 그런 사연이 있었을 줄이야. 그래도 이젠 노래를 들으며 괴로워하지 않는 듯이 보이니 다행이다. 얼마 전 아직도 왕성하게 활동하는 그 가수가 예능 프로그램에 나와 자신의 팬클럽 1기 회원들과 다정한 시간을 보내는 장면을 보며 콧방귀 뀌던 모습을 생각하면 질투하는 마음은 여전한 것 같지만.

"아무튼…… 빛나는 순간은 꼭 간직해야 해. 그런 기억엔 생명력이 있거든. 그게 사람을 살게 하는 거야."

나는 가만히 아빠를 바라본다. 아빠는 여전히 내 손이 닿는 곳에서 씩씩하게 웃고 있다. 영원히 바래지 않는 시간의 한 토막을 쥐고 있어 더없이 행복한 사람. 아빠는 그런 사람이구나. 아빠가 품은 시간들이 퐁퐁 살아 숨 쉬는 것 같다. 시간에 숨구멍을 만들고 화석이 되지 않게 하려는 사랑을, 아빠는 혼자 묵묵히 해 온 것이다.

나는 잠시 뜸을 들이다가 낮은 목소리로 중얼거린다.

"그래도 나는…… 아빠가 계속 행복한 기억을 만들었으면 좋겠어."

마음속에 오래 품었던 소원을 조심스럽게 아빠에게 꺼내 보인다. 그런데 아빠는 이런 내 소원을 벌써 다 알고 있었다는 듯이, 그리고 도은송 너도 이미 잘 알고 있지 않냐는 듯이 천연스럽게 대꾸한다.

"무슨 소리야. 아빠는 지금도 계속 만들고 있는데."

나는 그제야 웃는다. 어쩌면 말이야. 우리의 소원은 이루어지고 있는 중인지도 몰라. 당장이라도 로라에게 달려가 속닥거리고 싶다.

01 21
＊마음은 물과 같아서＊

"야, 도은송 너 거짓말해 놓고 혼자서 힘들었겠다."

장반지가 내 어깨를 가볍게 건드리며 말했다. 내 딴엔 어렵게 진실을 털어놓은 건데 뜻밖에도 장반지는 살다 보면 그럴 수도 있지 하는 뉘앙스로 호쾌하게 굴었다.

"미안해. 거짓말해서."

"괜찮아, 야. 나도 그런 적 있었어. 거짓말한 사람이 제일 힘들지."

내가 무안해할까 봐 그냥 하는 소리인지 진짜 그런 경험이 있었다는 건지 장반지의 표정만 봐서는 알 수가 없었다. 물론 장반지라면 능히 그런 적이 있었을 수 있겠다 싶지만.

"있잖아. 나는 로라랑 앞으로 어떻게 되든 로라한테는 거짓말 안 할 거야."

'로라한테는'이라. 듣고 보니 이상한 말이었다. 어쩌면 장반지가 나에게 너그러울 수 있는 이유는 자신이 '절대로 거짓말을 하지 않을 대상'에 내가 속하지 않기 때문인지도 모른다는 생각이 들었다. 하지만 사과하는 입장에서 일일이 상대방의 말꼬리를 붙잡고 따질 수도 없는 노릇이니 나는 그저 언젠가 장반지가 허물을 드러내면 나도 못 본 척 넘어가 주는 것으로 이 빚을 청산하고 말리라 다짐할 뿐이었다. 그 '언젠가'는 필시 '가까운 시일 내'일 터이니 오래 기다릴 필요도 없을 거라는 생각을 하고 있을 때, 내가 처음으로 얌전히 자기 말에 귀 기울인다고 여긴 듯한 장반지가 흐뭇한 표정으로 나를 바라보며 말을 이었다.

"그러니까 너도 네가 좋아하는 사람한테만큼은 거짓말하지 마."

아무렴. 솔직히 이젠 세상 그 누구에게도 거짓말 같은 건 하고 싶지 않다. 내가 또 순순히 고개를 끄덕이자 장반지의 만족감도 극에 달한 듯이 보였다. 다행이다. 사과를 썩 잘한 거 같아. 만족스러워하는 장반지를 보며 나 역시 흡족해하고 있는데 퍼뜩 무언가 떠오른 표정으로 장반지가 물었다.

"근데 그럼 도은송 네가 진짜로 좋아하는 사람은 누구야?"

로라에게서 메시지가 왔다. 방금 서로랑 통화했다고. 그동안 로라가 서로에게 가졌던 마음에 대해 깔끔하고 담백하게 털어놓기 위해 노력했다고. 서로도 잘 들어 주었다고. 통화를 마치고 나니 시원섭섭하다고.

그래, 그렇구나. 나는 메시지 창을 닫고 버스 차창 밖으로 눈을 돌린다. 복잡한 마음을 따라 건물과 나무들이 어지러이 지나간다. 분명 제대로 버스를 탔는데, 원하는 정류장에 내리지 못할 것 같은 기분이 든다. 앞서 내리거나 지나쳐 내릴 것만 같은 느낌. 어찌어찌 목적지에 닿는다 해도 이미 손쓸 수 없이 늦어 버린 후라든가.

하지만 이런 비관적인 마음과는 달리 버스는 무사히 목적지에 도착하고 나도 제때 맞추어 하차 버튼을 누른다. 이제 겨울도 다 지났구나 하고 착각이 들 만큼 때 이른 온기로 가득 찬 거리. 눈을 가늘게 뜨고 사방을 둘러본다. 곳곳에 쌓인 눈더미에 공평하게 햇살이 내려앉아 있고, 냄새만 맡아도 배가 따뜻해지는 달콤한 향이 어디선가 풍겨 온다. 날씨 때문일까. 사람들의 표정은 또 어찌나 밝은지. 목에 둘렀던 머플러를 팔에 걸친 채 하늘을 보고 서 있는 행인을 보고 있노라니 한겨울 얼어붙었던 내 마음도 마치 핫초코 한 모금 한 듯 절로 녹아들 듯하나…….

어림도 없는 소리다. 발걸음이 이렇게 무거웠던 적이, 사지가 이리 딱딱하게 굳었던 적이 있나 싶다. 나는 걸음을 떼는 것마저 주저하며 그저 멀거니 저편 강연장이 있는 건물 앞 가로수에서 작은 새가 포드닥 날아오르는 모습을 눈에 담는다. 폴폴, 새가 떠나간 자리에 하얀 눈이 먼지처럼 퍼져 나가는 모습도.

내 상태가 왜 이러냐고? 다 그럴 만한 이유가 있다. 서로가, 호서로가! 내 연락엔 대꾸도 안 하는 호서로가 로라의 전화는 받았다고 하지 않는가. 서로가 사람을 잘 가리긴 하지만 나를 가려 낼 줄은 꿈에도 몰랐는데. 설령 사정이 생겨 잠시 잠깐 연락을 골라 받을 수밖에 없다고 해도 서로가 골라 받는 단 하나의 연락이 있다면 그건 마땅히 내 연락일 거라고 믿어 의심치 않았는데. 물론 내가 지금 서로를 원망할 처지는 못 되지만 막상 내 기대와 정반대로 초라한 상황에 처하고 보니 슬며시 심통이 난다. 호서로, 내 연락을 피할 것까진 없잖아. 아무리 그래도 다른 사람 연락은 받으면서 내 연락만 피하는 건 너무하잖아.

나는 한숨 같은 입김을 쏟아 내며 간신히 걸음을 옮긴다. 눈덩이들이 올망졸망 쌓여 있는 길을 지나 맑은 금빛 햇살이 드리운 고풍스러운 건물로 향한다. 평소대로라면 서로는 이미 강연장에 도착해 나를 기다릴 것이다. 하지만 오늘은 아무런 확신도 들지 않는다. 당연하다고 생각했던 것들이 전혀 당연하지 않게 느껴진다.

그때, "은송아!" 하며 서로가 나를 보고 손을 흔든다. 서로, 분명 호서로다. 손 흔드는 실루엣만 봐도 한눈에 알아볼 수 있다. 계단 위로 보이는 건물 입구 앞 해사한 웃음을 품고 선 서로를 보니 단박에 기분이 좋아진다. 아니, 좋다는 말로는 부족하다. 반가움으로 가슴이 터질 것만 같다.

나는 종종걸음으로 서로에게 다가간다. 서로가 왔어. 서로가 날 기다리고 있어. 사람 기분이 어쩌면 이렇게 순식간에 달라질 수 있을까 싶게, 조금 전까지 품고 있던 불안감과 불만감이 눈 녹듯 사라져 버린다.

  서로의 모습이 선명해질수록 뭔가 좀 이상하다는 생각이 든다. 서로가 나와 주길 간절히 바랐던 건 맞지만 하늘에 맹세코 이렇게까지 등장해 주길 바랐던 건 아니다. 생각지도 못했던 모습에 놀라 나도 모르게 발걸음이 빨라진다. 강연장 앞을 서성이는 사람들을 헤치고 허겁지겁 계단을 오른다.

  "서로야, 왜…….."

  어쩌다가 다쳤어.

  "별거 아니야. 그냥 좀, 계단에서 굴렀어."

  서로가 부드러운 미소를 지으며 말한다. 나는 다급히 서로의 상태를 살핀다. 그렇게 아무렇지도 않다는 표정을 짓고 있을 때가 아닌 것 같은데……. 왼쪽 발에 깁스를 하고 목발을 짚은 채 기우뚱 서 있는 자세가 몹시 불편해 보인다.

  "다리 다친 거야? 얼마나?"

  "어디 부러지거나 한 거 아니고, 발목 조금 접질린 거야."

  "다른 데는. 다른 데 다친 건 없고?"

  "어, 그게…… 갈비뼈 살짝?"

  맙소사. 계단에서 어떻게 굴렀길래. 전후 사정도 자세히 모르면서 괜히 내 탓인 듯 마음이 무거워진다.

  "뭐야…… 그럼 집에서 쉬지 여길 왜 나왔어. 아니지. 집이 아니라, 병원에 입원해야 하는 거 아니야? 아, 진짜. 여기 계단은 또 어떻게 올라온 거야, 이 몸으로 혼자서."

호서로, 너 진짜. 좀 전까지만 해도 서로가 약속 장소에 나와 주어서 한없이 기뻤는데 지금은 이 상태로 굳이 약속 장소에 나온 서로가 더없이 미련해 보인다.

나는 울상을 하고 투덜거린다.

"미리 연락해서 약속 취소했으면 됐잖아. 이깟 강연 안 들으면 그만이지."

"은송아, 내가 오늘 여기 온 이유는……."

나는 여전히 서로의 부상 정도를 확인하느라 정신이 없다. 그런데 서로는 그런 나를 가만 놔둘 생각이 없나 보다. 이제 그만하고 자신을 보라는 듯이, 자신에게 집중하라는 듯이 서로가 내 손을 꼭 잡는다. 밖에 서서 오래 기다렸는지 손이 제법 차다.

"내가 그랬잖아. 기다릴 거라고. 그래서 온 거야."

서로는 나와의 약속을 지키는 일이 세상 그 무엇보다 중요하다는 듯한 표정으로 말을 잇는다.

"항상 널 기다릴 거라고 했던 말이 진심이었으니까. 지금도 진심이고, 앞으로도 진심일 거야. 은송이 네가 원한다면 말이야."

서로의 머리카락이 가볍게 흩날린다. 서로는 어딘가 부드럽게 헝클어져 있다던 로라의 말이 떠오른다. 그래, 맞아. 호서로 너는 늘 그랬어. 너라는 사람의 부드러움에 자연스럽게 스며드는 날들을 나는 무척 좋아했지. 굳이 신경을 곤두세우고 파악하지 않아도 난 너를 늘 잘 아는 듯이 느꼈어.

그리하여 마침내, 나는 스스로도 매우 오래 기다려 온 고백을 하고야 만다.

"네가 그러길 원해. 나도 널 좋아하니까."

뜻밖에도 혹은 다행히도 심장은 아직 무사하다. 미친 듯이 뛰거나 터져 버릴 줄 알았는데. 가만히 내 심장을 더듬어 본다. 구름 위 걸음 같은 폭신한 두드림이 느껴진다. 따뜻한 뭔가에 취한 듯 말랑말랑 춤을 추는 심장. 나에게 이런 심장이 있다는 게 믿기지 않는다.

"난…… 기다릴 거라는 말만 했지, 좋아한다는 말 안 했는데?"

"뭐?"

"농담이야, 농담."

심장이 손에 있는 듯 손바닥이 팔딱거리고 있는 주제에 애써 농담하는 서로가 어이없게 느껴지기도 하고 귀여워 보이기도 한다. 아마도 좋아한다고 말하는 건 누구에게나 쉽지 않은 일인 듯하다.

"근데 이 장갑……."

서로의 시선을 따라 내 시선도 아래로 향한다. 맞잡은 손의 반대편, 초록색 장갑을 낀 손으로.

"이 장갑이 왜? 이거, 이제 내 건데."

나는 장갑 낀 손을 앞뒤로 뒤집으며 일부러 천연스럽게 군다.

"알아. 내가 줬으니까 이제 네 거지. 근데 한쪽밖에 없잖아. 다른 한 손 시리게 왜……."

그 손은 지금 네가 쥐고 있잖아. 나는 처음보다 한결 따뜻해진 서로의 손을 꼭 잡고 흔들며 묻는다.

"다른 쪽? 서로 네가 한쪽밖에 안 줘 놓고선. 설마 빨간색 장갑 말하는 거야?"

왜 계속 능청맞게 굴고 싶은 걸까. 어쩌면 남궁결처럼 산뜻해지고 싶어서인지도 모른다. 좋아하는 마음을 너무 무겁게 만들고 싶지 않아서.

눈이 내리던 날, 장갑을 돌려받은 남궁결은 끝까지 농담과 장난을 이어 갔다. 내 거짓말과 거절에 속이 상했을 법도 한데 남궁결은 끝까지 티를 내지 않았다. 자신이 느끼는 감정들을 내게 전가하지 않으려는 노력이었을 것이다.

"남궁결은……."

그렇게까지 나를 배려해 주는 태도를 접하고 감탄하지 않기란 쉽지 않은 법이다.

"……볼수록 괜찮은 애 같아."

고백도 어찌나 담대하게 하는지, 나 심장 터질 뻔했잖아. 하지만 이 말은 하지 않기로 한다. 아직도 엄마가 좋아했던 가수를 질투하는 아빠를 보며 얻은 교훈이랄까. 가만히 고개를 끄덕이는 서로를 향해, 나는 장난기를 거두고 다시 차분한 목소리로 말한다.

"빨간색 장갑은 결이에게 돌려줬어."

"그랬구나."

잠깐 침묵한 서로가 말을 잇는다.

"결이가 울 때 내가 옆에 있어 줘야겠다."

"결이가 울어?"

"그럼. 결이가 얼마나 마음이 여린데."

보기보다 마음이 약하다는 결이의 말이 아무래도 진짜인가 보다. 내가 해 줄 수 있는 일이 없어서 안타깝지만, 그래도 하나밖에 없는 브로가 곁에 있으니 결이의 마음이 하루빨리 다시 단단해지면 좋겠다고 조심스레 바라본다.

"근데, 나는 너 눈치채라고, 이렇게 보란 듯이 서로 네 장갑까지 끼고 나왔는데, 넌 어쩜 연락도 없이 내 속만 태우고……."

"속이 탔어?"

서로가 빙그레 웃으며 묻는다.

"뭐 속이 엄청 타들어 갔다기보다는……."

"그래? 난 엄청 속 탔는데."

"뭐? 왜?"

"네 마음이 어떤지 몰라서. 잠도 안 와, 밥도 안 먹혀, 정말 속이 까맣게 타더라."

"미안……."

서로가 짓궂은 얼굴로 말하는데, 농담이 농담처럼 들리지 않는다. 혹시 그러다 나 때문에 다쳤나 싶어서 금세 울상이 되고 만다. 그러자 서로가 냉큼 태도를 바꾸어 손을 내젓는다.

"사과는 내가 해야지. 미안. 속 타게 해서 미안해. 응급실에 실려 가고, 병원에서도 정신없고, 부산에서 엄마까지 출동하는 바람에……. 알잖아, 우리 엄마 성격. 아주 아빠랑 내 혼을 쏙 빼 놓고 가셨지."

이렇게 다쳤으니 놀라서 그러셨겠지. 내 심정을 대입하니 이해가 절로 된다.

"은송이 너한테도 퇴원하고 연락하는 게 좋을 거 같았고."

"그런 게 어딨어? 그냥 빨리 연락했어야지."

내가 여전히 보로통하자 서로가 웃음 밴 숨을 내쉬며 나직이 말한다.

"기억나? 나 초등학교 때 넘어져서 코피 터졌던 날, 나 들쳐 업고 우리 집까지 뛰어가서 간호한답시고 울고불고 난리 치며 붙어 있다가 그날 내 옆에서 자고 갔던 거. 집에 안 가겠다고 버텨서 너 데리러 오셨던 아저씨도 결국 우리 집에서 주무셨잖아."

"내가 그랬어?"

"응, 그랬어. 중학교 가서도, 나 독감 걸렸으니 병문안 오지 말라고 그렇게 말해도 말 안 듣고 기어코 찾아와서는, 결국 나한테 독감 옮아서 은송이 네가 나보다 훨씬 더 고생했잖아."

그래, 그랬었지. 나는 항상 서로가 다치거나 아프면 신경이 쓰여서 견딜 수가 없었지. 그럼 도대체 언제부터 서로를 좋아하게 된 걸까. 시간을 찬찬히 되짚어 보면 서로를 향한 마음이 언제부터 시작되었는지 알 수 있을까. 아니, 아마 알 수 없을 것이다. 장반지의 말처럼 좋아하는 마음은 물과 같아서 여기서부터 여기라고 잘라 말할 수 없기에.

"그래도 앞으로는 꼭 연락해. 나한테 제일 먼저 연락해."

"그래, 알았어. 약속할게."

"꼭이야, 꼭."

서로가 약속을 지키지 않을 리 없다는 걸 알면서도 괜히 거듭 확인해 본다. 서로는 내가 백 번을 다짐받아도 백 번 다 확답해 줄 기세로 고개를 끄덕인다.

"좋아. 그럼 이제 뭐 하지? 강연 들으러 들어갈까?"

서로의 눈치를 보며 묻는다. 이런 날 강연을 듣는 게 맞나. 데이트라는 거, 어떻게 하는 건지 모르니 물어볼 수밖에 없다.

"강연…… 듣고 싶어?"

고개를 갸우뚱하는 서로의 입술에 미소가 걸려 있다.

"어? 아니, 나는 그냥…… 서로 네가 듣고 싶어서 신청한 거니까."

내가 서로를 따라 고개를 갸웃하며 묻자 서로가 소리 내어 웃음을 터뜨린다.

"나는 널 보고 싶었던 거지, 도은송. 방학 때마다 너랑 단둘이 있을 구실이 필요했으니까."

맙소사. 그럼 우리는 줄곧 데이트를 하고 있었던 거구나.

"그동안 다, 넌 하나도 관심 없는데 들은 거라고?"

"그건 아니고. 앞으로도 둘이 같이 관심 가는 강연은 챙겨야지. 아마 듣고 싶은 게 비슷하지 않을까? 왜냐하면……."

서로가 한쪽 눈을 찡긋하며 말한다.

"우린 꿈이 같으니까."

꿈이라는 말은 어쩜 이렇게 마법과도 같을까. 순식간에 눈앞에 우리의 시간이 활짝 펼쳐져 보이는 마법. 그 마법 같은 시간 안에서라면 무엇을 하든 어디로 가든 뭐든 가능할 것만 같다. 물론 나도 안다. 아직 선명한 건 아무것도 없다는 것을. 하지만 오히려 그래서 더 빛날 수 있을 것 같다는 자신이 든다. 호서로와 함께라면 어디에서든 빛나는 기억을 계속 만들어 나갈 수 있을 것 같다. 나는 옅은 햇살을 뒤집어쓴 서로의 얼굴을 바라보며 생각한다.

나는 너를 꽤 오랫동안 좋아하겠구나.

"이제, 갈까?"

"어디로?"

"들를 곳이 있어."

서로가 내 안경을 가리키며 말한다.

"전부터 선물하고 싶었거든."

"아."

어쩌면 난 서로가 내 안경을 고쳐 주는 게 좋아서 지금의 안경을 고집했던 게 아닐까. 그렇게 계속 서로의 마음을 확인하고 싶었는지도.

그때 서로가 시원해 보이는 미소를 지으며 어깨를 편다.

"이제 마음 놓고, 선물하고 싶은 거 다 선물해도 되겠다."

서로가 장갑을 끼지 않은 내 손을 이끌어 자신의 코트 주머니 속에 넣는다. 맞잡은 두 손엔 아직 찬 기운이 조금 서려 있지만 이내 따뜻해지리라는 걸 서로도 알고 나도 안다.

나는 혼혼한 햇살 속으로 사부작사부작 걸음을 옮기며 말한다.

"겨울이 끝나기 전에 나도 선물 하나 해야지."

우리는 천천히 함께 걷는다. 서로의 콧잔등에 내려앉은 빛 망울이 흔들린다. 나는 지금 이 순간을 붙잡아 두고 싶다고 생각한다. 그렇게 이 순간이 살아 숨 쉬길 바라며 서로와 나란히, 다가올 계절 속으로 걸어 들어간다. 설렘과 편안함에 물들어 갈 우리의 마음처럼 우리의 시간도 그러하겠지. 여러 계절에 걸쳐, 황황히 물들어 가겠지.

모두 꼭꼭 기억하고 싶다.

에필로그

"너 나한테 아직 좋아한다는 말 안 했다?"

괜히 서로를 톡 건드리며 묻는다. 서로의 손엔 내가 선물한 장갑이 끼워져 있다. 봄기운이 완연한데도 서로는 장갑 벗을 생각을 하지 않는다.

"난 언제나 널 좋아했어, 도은송. 널 좋아하는 건 내게 너무도 자연스러운 일이거든."

서로의 입에서 숨소리처럼 자연스러운 고백이 흘러나온다. 그 자연스러움 앞에서 나는 한 호흡 멈추고 만다. 참아 낸 숨으로 부푼 마음이 홀씨처럼 날아오를 것만 같다. 나는 가만히 서로의 옆얼굴을 눈에 담는다. 서로의 미소가 햇살에 바스러진다. 나도 모르게 감탄하듯 말한다.

"갈수록 더 멋있어지네, 호서로."

"너도 그래."

나는 서로가 선물해 준 안경을 추어올리며 웃는다.

"그래, 그러면 좋겠네".

"진짠데. 도은송 네 멋짐이 나한테 스민 거 같아."

나는 다시 팬시리 서로의 어깨를 툭 치며 생각한다. 그래, 어쩌면 나도 진짜로 조금은 멋있어졌는지도 모르지. 우리는 사랑을 하면서 멋있어지니까.

아무리 아직은 모르는 것투성이여도 말이다.

작가의 말

2020년 여름, 저는 '다정하고 안전한 인연을 만날 확률은 별똥별에 맞을 확률과 같다'라고 생각하는 주인공을 다룬, 「유성」이라는 제목의 짧은 소설을 잡지에 실었습니다. 사회에 물의를 일으킨 '최애'를 손절하고 나서 그간에 가졌던 관계를 되돌아보며 '누군가를 좋아하는 것 자체가 안전하지 않은 일'이라고 결론짓고 앞으로는 보다 신중하게 '안전감'을 추구하며 살겠다고 다짐하는 주인공. 이천 자 남짓 되는 엽편 소설이었지만 이름도 지어 주지 않았던 이 주인공을 저는 오랜 시간 마음에 품고 있었습니다.

왜일까요. 아마도 저는 여전히 많은 사람들이 '경계 없이 사랑을 받고, 조건 없이 사랑을 쏟고, 내 모든 것을 내보이고, 상대의 내밀한 부분을 지켜 주는 관계'를 누리는 행운을 가지길 바라기 때문인 듯합니다. 연일 쏟아지는 충격적인 뉴스를 보다 보면 이제 이런 바람은 시대의 사치이자 나이브한 이상론이 되어 버린 것이 아닌가 하여 부끄러워지기도 합니다. 하지만 그렇다고 어떻게 감히 빛나는 청춘들에게 사랑을 경계하라 말할 수 있을까요.

이 소설엔 다양한 형태의 좋아하는 마음이 나오고 그만큼 다양한 관계가 그려지고 있어요. 또한 관계를 맺고 끊는 과정에서 필요에 따라 심판이 등장하기도 합니다. 저는 지금의 현실에서 제가 가진 모든 긍정적인 에너지를 끌어모아 이 이야기를 그렸습니다. 좋아하는 마음이 얼마나 멋진지 말하고 싶었고, 좋아하는 마음을 잘 표현하는 게 얼마나 중요한지 말하고 싶었어요. 그게 어떤 형태의 사랑이든 좋아하는 마음에는 괴롭힘이나 폭력이 끼어들 틈이 없다는 것을 도은송과 오로라, 남궁결과 호서로, 그리고 장반지의 빛나는 건강함에 기대어 말하고 싶었습니다.

이렇게 달콤한 이야기를 써 놓고 작가의 말은 썩 가볍지 않네요. 사실 저는 상처 주고 상처받는 것 또한 사랑의 본질 중 하나라고 생각합니다. 그렇기에 더욱더, 저를 포함한 모든 이들이 사랑의 상처를 잘 다룰 수 있었으면 합니다. 분노와 집착보다는 차라리 솔직한 눈물로 상처를 소독하는 편이 두말할 필요 없이 더 낫겠지요.

이 소설은 앞서 언급한 엽편 소설은 물론이고 그간 제가 발표한 모든 글을 찾아 읽고 연락해 주신 위즈덤하우스 어린이문학팀 박현숙 팀장님 덕분에 시작할 수 있었습니다. 12월은 제가 가장 좋아하는 달이라, 글을 쓰는 내내 연말 분위기에 푹 젖을 수 있어 행복했습니다.

감사합니다.

2024년 7월 겨울을 기다리며,

허진희

이 책을 먼저 읽은 서평단 리뷰

- 실타래처럼 엉킨 사랑과 거짓말을 풀어 나가는 풋풋한 청춘을 담은 책.
  _이은서

- 청소년기에 느낄 수 있는 감정을 오롯이 담은 세심한 표현력과 책장을 놓지 못하게 하는 흡입력을 가진 소설. 드라마 다음 편을 기대하듯 책장을 넘기며 단숨에 읽었다._**금메달**

- 나에게 그리고 타인에게 당당하고 솔직한 빛나는 십 대들의 이야기.
  _best_heesuk

- 책을 읽는 내내 마음이 간질거렸다._**박소율**

- 좋아하는 사람이 있다면 읽어야 할 십 대를 위한 소설._**꼬마하늘**

- 서로 할퀴고 물어뜯지 않는 건강하고 솔직한 십 대의 사랑 이야기._**양쏭**

- 청춘의 찬란한 우정과 첫사랑의 설렘! 모두 꼭꼭 기억하고 싶다._**서은빈**

- 아직 자신의 감정을 드러내는 데 서툴러서 불안정하지만 단단한 우정이 잘 보이는 책._**임주원**

- 누군가를 좋아하는 마음을 알아주는 사람들이 있는 것만으로도 건강한 청소년기를 보낼 수 있음을 알려 주는 소설._**권예진**

- 풋풋한 첫사랑과 사람 사이의 관계와 솔직함에 대한 이야기._wifkyshoes_in

- 간결한 단어로 이끌어 내는 주인공의 완벽한 심리 묘사. 읽다 보니 어느새 내가 도은송이 되어 있었다. 그야말로 하이틴 로맨스._**박민아**

- 현대 사회의 가족 형태를 엿볼 수 있는 소설_**행복퐁퐁**

- 다채로운 생각과 마음으로 일상 속에서 서로에게 힘이 되는 캐릭터들의 관계가 너무 예뻤다._장채원

- 우리들의 마음과 감정을 솔직하게 표현한 소설. 부모님들도 읽고 우리를 좀 더 이해해 주었으면._명예기자

- 아이들의 풋풋하고 몽글몽글한 우정과 사랑 그 어디쯤. 그리고 어른들의 현실적인 우정과 사랑 그 어디쯤._김알

- 청춘의 사랑과 시련 그리고 가족애를 그린 한 편의 수채화 같은 서정적인 이야기_벨라Lee

- 사랑이라는 감정을 오롯이 마주하는 십 대 모습이 눈부시게 아름다웠다. _이하연

- 풋풋하고 아슬아슬한 아이들 VS 무심한 듯 묵직한 어른들의 달달한 사랑 이야기_sudawow

- 겨울의 끝자락에 코끝으로 느껴지는 풋풋한 봄 내음 같은 사랑 이야기. _채니텔라

- 은송이와 서로를 볼 때마다 마음이 몽글몽글해졌다. 그 후의 이야기도 궁금하다._권은수

- 두근두근 오랜만에 첫사랑의 설렘을 느낄 수 있었다._예쁜 신부

- 생각만 해도 아름답고 풋풋한 청춘들의 찬란한 시절의 사랑과 꿈이 드라마를 보는 듯 펼쳐진다._늘빛천사

- 사랑 이야기를 좋아하는 사람이라면 누구나 좋아할 것 같다._하하하

텍스트T 011
좋아한다는 거 짓 말

초판 1쇄 발행 2024년 9월 30일 초판 4쇄 발행 2025년 5월 16일

글 허진희
펴낸이 최순영

어린이 문학1 팀장 박현숙
키즈 디자인 팀장 이수현
디자인 오세라

펴낸곳 (주)위즈덤하우스 출판등록 2000년 5월 23일 제13-1071호
주소 서울특별시 마포구 양화로 19 합정오피스빌딩 17층
전화 02)2179-5600 내용문의 02)2179-5768
홈페이지 www.wisdomhouse.co.kr 전자우편 kids@wisdomhouse.co.kr

ⓒ 허진희, 2024
ISBN 979-11-7171-283-0 43810

* 이 책의 전부 또는 일부 내용을 재사용하려면 반드시 사전에 저작권자와
  ㈜위즈덤하우스의 동의를 받아야 합니다.
* 인쇄·제작 및 유통상의 파본 도서는 구입하신 서점에서 바꿔드립니다.
* 책값은 뒤표지에 있습니다.